Lady Susan
Lady Susan

Jane Austen

Lady Susan
Lady Susan

Texto paralelo bilingüe
Bilingual edition

Inglés - Español
English - Spanish

texto en español, traducido del inglés por Evelyn Eichman

ROSETTA EDU

Título original: *Lady Susan*

Primera publicación: 1871

Ilustración de tapa: Retrato de una dama, atribuido a Alma Tadema (1867-1943)

Rosetta Edu Ltd.
© 2025 para la traducción al español: Evelyn Eichman.

Primera edición: Julio 2025

Publicado por Rosetta Edu
Londres, Julio 2025
www.rosettaedu.com

ISBN: 978-1-83647-126-4

INDICE

I — *Lady Susan Vernon to Mr. Vernon.*

Langford, Dec.

My dear brother,—I can no longer refuse myself the pleasure of profiting by your kind invitation when we last parted of spending some weeks with you at Churchhill, and, therefore, if quite convenient to you and Mrs. Vernon to receive me at present, I shall hope within a few days to be introduced to a sister whom I have so long desired to be acquainted with. My kind friends here are most affectionately urgent with me to prolong my stay, but their hospitable and cheerful dispositions lead them too much into society for my present situation and state of mind; and I impatiently look forward to the hour when I shall be admitted into your delightful retirement.

I long to be made known to your dear little children, in whose hearts I shall be very eager to secure an interest. I shall soon have need for all my fortitude, as I am on the point of separation from my own daughter. The long illness of her dear father prevented my paying her that attention which duty and affection equally dictated, and I have too much reason to fear that the governess to whose care I consigned her was unequal to the charge. I have therefore resolved on placing her at one of the best private schools in town, where I shall have an opportunity of leaving her myself in my way to you. I am determined, you see, not to be denied admittance at Churchhill. It would indeed give me most painful sensations to know that it were not in your power to receive me.

Your most obliged and affectionate sister,

S. VERNON

I — LADY SUSAN VERNON AL SEÑOR VERNON

Langford, Diciembre.

Querido hermano:

Ya no puedo seguir privándome del placer de aprovechar la amable invitación que me has hecho al despedirnos la última vez de pasar algunas semanas contigo en Churchhill y, por lo tanto, si les resulta apropiado a ti y a la señora Vernon recibirme en estos momentos, espero brevemente puedas presentarme a esa hermana a quien, desde hace tanto tiempo, deseo conocer. Mis queridos amigos de aquí me insisten cariñosamente que prolongue mi estadía, pero su carácter hospitalario y alegre conlleva también una realidad social excesivamente animada para mi actual situación y estado de ánimo; por lo que espero ansiosamente el momento de poder ser admitida en tu agradable retiro.

Anhelo que tus queridos hijos me conozcan, y me esforzaré arduamente para despertar un interés en sus corazones. Precisaré hacer uso de la fuerza que me queda, pues estoy a punto de separarme de mi hija. La larga enfermedad de su querido padre me ha impedido prestarle la adecuada atención, y el afecto que precisa, y tengo demasiadas razones para temer que la institutriz a quien asigné su cuidado fue igual de incapaz en esta tarea. Tal es la razón por la que he tomado la decisión de inscribirla en uno de los mejores colegios privadas de la ciudad. Tendré la oportunidad de acompañarla camino a tu residencia. Estoy decidida, como verás, a rechazar cualquier manera que me niegue la entrada a Churchhill. Me dolería profundamente que no te sea posible recibirme.

Tu agradecida y cariñosa hermana,

S. VERNON

II — *Lady Susan Vernon to Mrs. Johnson.*

Langford.

You were mistaken, my dear Alicia, in supposing me fixed at this place for the rest of the winter: it grieves me to say how greatly you were mistaken, for I have seldom spent three months more agreeably than those which have just flown away. At present, nothing goes smoothly; the females of the family are united against me. You foretold how it would be when I first came to Langford, and Mainwaring is so uncommonly pleasing that I was not without apprehensions for myself. I remember saying to myself, as I drove to the house, "I like this man, pray Heaven no harm come of it!" But I was determined to be discreet, to bear in mind my being only four months a widow, and to be as quiet as possible: and I have been so, my dear creature; I have admitted no one's attentions but Mainwaring's. I have avoided all general flirtation whatever; I have distinguished no creature besides, of all the numbers resorting hither, except Sir James Martin, on whom I bestowed a little notice, in order to detach him from Miss Mainwaring; but, if the world could know my motive *there* they would honour me. I have been called an unkind mother, but it was the sacred impulse of maternal affection, it was the advantage of my daughter that led me on; and if that daughter were not the greatest simpleton on earth, I might have been rewarded for my exertions as I ought.

Sir James did make proposals to me for Frederica; but Frederica, who was born to be the torment of my life, chose to set herself so violently against the match that I thought it better to lay aside the scheme for the present. I have more than once repented that I did not marry him myself; and were he but one degree less contemptibly weak I certainly should: but I must own myself rather romantic in that respect, and that riches only will not satisfy me. The event of all this is very provoking: Sir James is gone, Maria highly incensed, and Mrs. Mainwaring insupportably jealous; so jealous, in short, and so enraged against me, that, in the fury of her temper, I should not be surprized at her appealing to her guardian, if she had the liberty of addressing him: but there your husband stands my friend; and the kindest, most amiable action of his life was his throwing her off for ever on her marriage. Keep up his resentment, therefore, I charge

Langford.

Te has equivocado, mi querida Alicia, al suponer que permanecería en este lugar por lo que resta del invierno: me apena decir lo mucho que te has equivocado, pues pocas veces he pasado momentos tan gratos como los de estos últimos tres meses, que pasaron volando. De momento, todo es conflicto; las mujeres de la familia se han unido en mi contra. Me anticipaste cómo sería todo cuando apenas llegaba a Langford, y Mainwaring es tan excepcionalmente agradable, que no tuve las suficientes precauciones. Recuerdo decirme a mí misma, mientras me dirigía hacia la casa: «¡Me gusta este hombre, quiera Dios que no me cause ningún daño!». Pero ya había resuelto ser discreta, tener presente siempre que había enviudado hacía solo cuatro meses, y mantenerme lo más callada posible: y así lo he hecho, mi querida criaturita; no he prestado mi atención a nadie más que a Mainwaring. He evitado cualquier tipo de coqueteo en general y no he demostrado preferencia por la presencia de nadie, excepto la de sir James Martin, a quién le he regalado un poco de mi atención, con el objetivo de separarlo un poco de la señorita Mainwaring; pero el mundo me honraría si supiese cuáles son mis motivos *allí*. He sido llamada una madre ingrata, y sin embargo fue el sagrado afecto maternal y el bienestar de mi hija lo que me ha impulsado; y si acaso mi hija no hubiese sido la mayor simplona de la Tierra, se me habría recompensado debidamente por mis esfuerzos.

Sir James sí que me ha hecho proposiciones para Frederica; pero Frederica, que ha nacido para ser el tormento de mi vida, se interpuso tan enfáticamente al emparejamiento que resolví que lo mejor sería olvidar el plan por el momento. Más de una vez me he arrepentido de no casarme yo misma con él, y de no ser él un poco menos condenadamente débil, lo habría hecho: debo admitir que soy más bien romántica en este aspecto, y que las riquezas por sí solas no me satisfacen. Como resultado de toda esta provocación, sir James se ha marchado, Maria está exasperada, y la señora Mainwaring está insoportablemente celosa; tan celosa y ofuscada conmigo de hecho que, por la furia de su temperamento, no me sorprendería que acuda a su guardián, si se atreve a dirigirse a él; pero en ese aspecto, tu esposo se comporta como un verdadero amigo; y la acción más gentil y bondadosa de su vida ha sido librarla para siempre del matrimonio. Por esto te pido que mantengas vivo su

you. We are now in a sad state; no house was ever more altered; the whole party are at war, and Mainwaring scarcely dares speak to me. It is time for me to be gone; I have therefore determined on leaving them, and shall spend, I hope, a comfortable day with you in town within this week. If I am as little in favour with Mr. Johnson as ever, you must come to me at 10 Wigmore street; but I hope this may not be the case, for as Mr. Johnson, with all his faults, is a man to whom that great word "respectable" is always given, and I am known to be so intimate with his wife, his slighting me has an awkward look.

I take London in my way to that insupportable spot, a country village; for I am really going to Churchhill. Forgive me, my dear friend, it is my last resource. Were there another place in England open to me I would prefer it. Charles Vernon is my aversion; and I am afraid of his wife. At Churchhill, however, I must remain till I have something better in view. My young lady accompanies me to town, where I shall deposit her under the care of Miss Summers, in Wigmore street, till she becomes a little more reasonable. She will made good connections there, as the girls are all of the best families. The price is immense, and much beyond what I can ever attempt to pay.

Adieu, I will send you a line as soon as I arrive in town.

Yours ever,

S. VERNON

resentimiento. El estado actual es triste; ninguna casa ha sufrido antes tal alteración; la familia entera está en el frente de guerra, y Mainwaring apenas se atreve a hablarme. Es el momento de que me vaya; por lo que he decidido dejarlos y pasaré, espero, un agradable día contigo en la ciudad, algún momento de esta semana. Si el señor Johnson sigue mostrando tan poca simpatía por mí como siempre, deberás venir a verme a la calle Wigmore, número 10, aunque espero que este no sea el caso, puesto que el señor Johnson, con todos sus defectos, es un hombre al que siempre se le puede aplicar la importante palabra «respetable», y siendo conocido el hecho de mi cercanía con su esposa, su desaire se me haría extraño.

Pasaré por Londres de camino a ese insoportable lugar, una aldea de pueblo; puesto que finalmente iré a Churchhill. Perdóname, querida amiga, pues es mi último recurso. Si tuviese a mi disposición otro lugar en Inglaterra, lo preferiría. Aborrezco a Charles Vernon; y temo a su esposa. En Churchhill, sin embargo, deberé permanecer hasta encontrar algo mejor. Mi jovencita me acompañará a la ciudad, donde la dejaré bajo el cuidado de la señorita Summers, en la calle Wigmore, hasta que entre en razón. Hará buenos contactos allí, puesto que todas las muchachitas son de buena familia. El precio es abultado, y mucho mayor de lo que puedo permitirme pagar.

Adieu, te escribiré nuevamente en cuanto llegue a la ciudad.

Cordialmente,

S. VERNON

Churchhill.

My dear Mother,—I am very sorry to tell you that it will not be in our power to keep our promise of spending our Christmas with you; and we are prevented that happiness by a circumstance which is not likely to make us any amends. Lady Susan, in a letter to her brother-in-law, has declared her intention of visiting us almost immediately; and as such a visit is in all probability merely an affair of convenience, it is impossible to conjecture its length. I was by no means prepared for such an event, nor can I now account for her ladyship's conduct; Langford appeared so exactly the place for her in every respect, as well from the elegant and expensive style of living there, as from her particular attachment to Mr. Mainwaring, that I was very far from expecting so speedy a distinction, though I always imagined from her increasing friendship for us since her husband's death that we should, at some future period, be obliged to receive her. Mr. Vernon, I think, was a great deal too kind to her when he was in Staffordshire; her behaviour to him, independent of her general character, has been so inexcusably artful and ungenerous since our marriage was first in agitation that no one less amiable and mild than himself could have overlooked it all; and though, as his brother's widow, and in narrow circumstances, it was proper to render her pecuniary assistance, I cannot help thinking his pressing invitation to her to visit us at Churchhill perfectly unnecessary. Disposed, however, as he always is to think the best of everyone, her display of grief, and professions of regret, and general resolutions of prudence, were sufficient to soften his heart and make him really confide in her sincerity; but, as for myself, I am still unconvinced, and plausibly as her ladyship has now written, I cannot make up my mind till I better understand her real meaning in coming to us. You may guess, therefore, my dear madam, with what feelings I look forward to her arrival. She will have occasion for all those attractive powers for which she is celebrated to gain any share of my regard; and I shall certainly endeavour to guard myself against their influence, if not accompanied by something more substantial. She expresses a most eager desire of being acquainted with me, and makes very gracious mention of my children but I am not quite weak enough to suppose a woman who has behaved with inattention, if not with unkindness, to her own child,

III — LA SEÑORA VERNON A LADY DE COURCY

Churchhill.

Querida madre:

Me apena mucho decirte que no podremos mantener nuestra promesa de pasar la Navidad contigo; y se nos priva de esta dicha por circunstancias que no nos resultan oportunas. Lady Susan, en una carta a su cuñado, nos ha transmitido su deseo inmediato de visitarnos; y, puesto que tal visita es probablemente no más que una cuestión de conveniencia, es imposible adivinar su duración. Bajo ningún punto de vista estaba yo preparada para tal evento, y tampoco doy cuenta de la conducta de su señoría. Langford parecía el lugar adecuado para ella en todos los aspectos, tanto por el estilo de vida elegante y caro del lugar, como por su particular apego al señor Mainwaring, tanto que no esperaba nada más lejano que tener este honor tan pronto, aunque presentía por su creciente amistad con nosotros desde el fallecimiento de su esposo que, en algún momento, nos veríamos obligados a hospedarla. El señor Vernon, opino, fue demasiado hospitalario con ella cuando estaba en Staffordshire; su comportamiento para con él, independientemente de su personalidad en general, ha sido tan inexcusablemente artero y poco generoso desde los primeros arreglos de nuestro matrimonio que nadie menos benévolo y endeble que él podría jamás haberlo pasado por alto; y sin embargo, como la viuda de su hermano, y dadas las limitadas circunstancias, era lo más apropiado brindarle asistencia económica, pero no puedo evitar pensar que su apremiante invitación a visitarnos a Churchhill fuera perfectamente innecesaria. Dispuesto, sin embargo, como es él a ver siempre el bien en el otro, su despliegue de dolor, sus expresiones de arrepentimiento, y sus generales resoluciones de prudencia, fueron suficientes para ablandar su corazón y confiar en su sinceridad; pero, en lo que a mí respecta, no fui convencida; dado que ella misma nos ha escrito, no podré hacerme la idea hasta entender el verdadero motivo de su visita. Podrás adivinar entonces, mi querida señora, con qué tipo de sentimientos la estaré esperando. Ella tendrá la oportunidad de compartir y ganarse mi respeto, con esos poderes atractivos que todo el mundo celebra, aunque definitivamente procuraré protegerme de su influencia, si es que no viene acompañada de algo más substancioso. Ella ha expresado un ferviente deseo de conocerme, y hace elogiosa mención de mis hijos, pero no soy tan incrédula como

should be attached to any of mine. Miss Vernon is to be placed at a school in London before her mother comes to us which I am glad of, for her sake and my own. It must be to her advantage to be separated from her mother, and a girl of sixteen who has received so wretched an education, could not be a very desirable companion here. Reginald has long wished, I know, to see the captivating Lady Susan, and we shall depend on his joining our party soon. I am glad to hear that my father continues so well; and am, with best love, &c.,

CATHERINE VERNON

para suponer que una mujer que ha sido inatenta, si no es que desagradable, con su propia hija, deba tener una relación tan estrecha con mis hijos. La señorita Vernon será ingresada en una escuela en Londres antes de que su madre se reúna con nosotros, lo que agradezco, por su bien y por el mío. Será lo más ventajoso para ella el estar separada de su madre, y una muchacha de dieciséis años que ha recibido tan atroz educación no es deseable como compañía en casa. Sé bien que Reginald ansía desde hace rato ver a la cautivadora lady Susan, y aguardamos que nos visite pronto. Me alegra saber que mi padre sigue encontrándose bien.

Con amor,

CATHERINE VERNON

IV — *Mr. De Courcy to Mrs. Vernon.*

Parklands.

My dear Sister,—I congratulate you and Mr. Vernon on being about to receive into your family the most accomplished coquette in England. As a very distinguished flirt I have always been taught to consider her, but it has lately fallen in my way to hear some particulars of her conduct at Langford: which prove that she does not confine herself to that sort of honest flirtation which satisfies most people, but aspires to the more delicious gratification of making a whole family miserable. By her behaviour to Mr. Mainwaring she gave jealousy and wretchedness to his wife, and by her attentions to a young man previously attached to Mr. Mainwaring's sister deprived an amiable girl of her lover.

I learnt all this from Mr. Smith, now in this neighbourhood (I have dined with him, at Hurst and Wilford), who is just come from Langford where he was a fortnight with her ladyship, and who is therefore well qualified to make the communication.

What a woman she must be! I long to see her, and shall certainly accept your kind invitation, that I may form some idea of those bewitching powers which can do so much—engaging at the same time, and in the same house, the affections of two men, who were neither of them at liberty to bestow them—and all this without the charm of youth! I am glad to find Miss Vernon does not accompany her mother to Churchhill, as she has not even manners to recommend her; and, according to Mr. Smith's account, is equally dull and proud. Where pride and stupidity unite there can be no dissimulation worthy notice, and Miss Vernon shall be consigned to unrelenting contempt; but by all that I can gather Lady Susan possesses a degree of captivating deceit which it must be pleasing to witness and detect. I shall be with you very soon, and am ever,

Your affectionate brother,

R. DE COURCY

IV — EL SEÑOR DE COURCY A LA SEÑORA VERNON

Parklands.

Querida hermana:

Quisiera felicitarlos a ti y al señor Vernon por recibir en su familia a la coqueta más eficaz de Inglaterra. Como seductor distinguido, siempre la he tenido en cuenta, pero recientemente he sabido de algunas particularidades de su conducta en Langford que demuestran que no se limita solamente al tipo de seducción honesta que encanta a la mayoría de las personas, sino que más bien aspira a la más deliciosa gratificación de volver miserable a una familia entera. Gracias a su comportamiento con el señor Mainwaring otorgó celos y desdicha a su esposa, y por sus atenciones a un joven hombre previamente involucrado con la hermana del señor Mainwaring, privó a una amable jovencita de su amante.

He sabido todo esto por parte del señor Smith, quien se encuentra ahora en el vecindario (cené con él en Hurst and Wilford) y ha regresado de Langford luego de pasar una quincena con su señoría, por lo que representa una fuente fidedigna para comunicar lo ya dicho.

¡Qué mujer debe de ser! Ansío verla y aceptaré sin dudar tu amable invitación. De esta manera podré hacerme a la idea de tales cautivadores poderes, capaces de lograr a la vez, y en la misma casa, el afecto de dos hombres que no poseían la libertad de entregarlo. ¡Y todo sin poseer la juventud! Me alivia saber que la señorita Vernon no acompañará a su madre a Churchhill, dado que al parecer ni siquiera sus modales son agraciados; y, según lo que transmite el señor Smith, es, en partes iguales, aburrida y orgullosa. Allí donde el orgullo y la estupidez se unen, no hay forma de disimular ninguna de las dos, y por tanto la señorita Vernon no recibirá nada más que total desprecio. Por otro lado, por todo lo que he podido deducir, lady Susan parece poseer una facilidad para el encanto y el engaño que me encantaría observar. Estaré acompañándote muy pronto.

Tu querido hermano,

R. DE COURCY

Churchhill.

I received your note, my dear Alicia, just before I left town, and rejoice to be assured that Mr. Johnson suspected nothing of your engagement the evening before. It is undoubtedly better to deceive him entirely, and since he will be stubborn he must be tricked. I arrived here in safety, and have no reason to complain of my reception from Mr. Vernon; but I confess myself not equally satisfied with the behaviour of his lady. She is perfectly well-bred, indeed, and has the air of a woman of fashion, but her manners are not such as can persuade me of her being prepossessed in my favour. I wanted her to be delighted at seeing me. I was as amiable as possible on the occasion, but all in vain. She does not like me. To be sure, when we consider that I *did* take some pains to prevent my brother-in-law's marrying her, this want of cordiality is not very surprizing, and yet it shows an illiberal and vindictive spirit to resent a project which influenced me six years ago, and which never succeeded at last.

I am sometimes disposed to repent that I did not let Charles buy Vernon Castle, when we were obliged to sell it; but it was a trying circumstance, especially as the sale took place exactly at the time of his marriage; and everybody ought to respect the delicacy of those feelings which could not endure that my husband's dignity should be lessened by his younger brother's having possession of the family estate. Could matters have been so arranged as to prevent the necessity of our leaving the castle, could we have lived with Charles and kept him single, I should have been very far from persuading my husband to dispose of it elsewhere; but Charles was on the point of marrying Miss De Courcy, and the event has justified me. Here are children in abundance, and what benefit could have accrued to me from his purchasing Vernon? My having prevented it may perhaps have given his wife an unfavourable impression, but where there is a disposition to dislike, a motive will never be wanting; and as to money matters it has not withheld him from being very useful to me. I really have a regard for him, he is so easily imposed upon! The house is a good one, the furniture fashionable, and everything announces plenty and elegance. Charles is very rich I am sure; when a man has once got his

Churchhill.

He recibido tu nota, mi querida Alicia, justo antes de abandonar la ciudad, y me alegra saber que el señor Johnson no sospechara de tu compromiso la tarde anterior. Es óptimo, sin ninguna duda, mentirle completamente y, dada su terquedad, él debe ser engañado. He llegado bien y no tengo motivos de quejas para con el señor Vernon; pero debo admitir que no estoy igualmente complacida con el comportamiento de su esposa. Es verdad que es una mujer educada y tiene un aspecto correspondiente con el de alguien de buenos modales, pero sus modales no son tales como para persuadirme de que esté predispuesta a mi favor. Pretendía que esté encantada solo con verme. Fui tan agradable como me fue posible en aquella ocasión, pero todo fue en vano. No le agrado. Claro que, si tenemos en cuenta que *efectivamente* me tomé algunas molestias con el fin de prevenir su casamiento con mi cuñado esta falta de cordialidad no es ninguna sorpresa. Aún así, demuestra ser un espíritu intolerante y vengativo, manteniendo el resentimiento por un plan que ejecuté hace seis años y en el que finalmente no tuve éxito.

A veces hasta estoy dispuesta a arrepentirme de no haber permitido que Charles comprase el Castillo Vernon, cuando nos vimos obligados a venderlo; pero fue una circunstancia desafiante, especialmente teniendo en cuenta que la venta coincidió con el día de su matrimonio. Y todo el mundo debería respetar la fragilidad de esos sentimientos que impedían que la dignidad de mi marido se viera rebajada por el hecho de que el hermano menor se quedara con las propiedades de la familia. Si se pudieran haber arreglado los asuntos para prevenir la obligación de abandonar el castillo, si hubiéramos podido vivir con Charles manteniéndolo soltero, yo hubiera persuadido a mi marido de vendérselo a otro. Pero Charles estaba a punto de casarse con la señorita De Courcy, y las circunstancias me justificaban. Aquí hay niños en abundancia, y ¿qué beneficio hubiera tenido yo si ellos compraban el Castillo Vernon? El haber prevenido esto quizás le haya dado a su esposa una visión desfavorable de mí, pero siempre que haya una predisposición para encontrar disgusto, no harán falta motivos. En lo que respecta a cuestiones de dinero, él nunca ha visto un impedimento para serme de utilidad. En verdad, tiene toda mi consideración. ¡Es tan fácil abusar de él! La casa es buena, los muebles son de buen gusto, y todo anuncia abundancia

name in a banking-house he rolls in money; but they do not know what to do with it, keep very little company, and never go to London but on business. We shall be as stupid as possible. I mean to win my sister-in-law's heart through the children; I know all their names already, and am going to attach myself with the greatest sensibility to one in particular, a young Frederic, whom I take on my lap and sigh over for his dear uncle's sake.

Poor Mainwaring! I need not tell you how much I miss him, how perpetually he is in my thoughts. I found a dismal letter from him on my arrival here, full of complaints of his wife and sister, and lamentations on the cruelty of his fate. I passed off the letter as his wife's, to the Vernons, and when I write to him it must be under cover to you.

Ever yours,

S. VERNON

y elegancia. Asumo que Charles es muy rico; cuando un hombre consigue poner su nombre en un banco, empieza a revolcarse en dinero. Pero ellos no saben qué hacer con él, prácticamente no reciben visitas y nunca van sino por negocios hasta Londres. Podemos ser tan estúpidos como ellos quieran. Pretendo ganarme el corazón de mi cuñada a través de sus hijos. Ya conozco sus nombres, y me mantendré cerca de uno en particular, Frederic, a quien con gran sensibilidad siento en mi regazo y con quien suspiro por su querido tío.

¡Pobre Mainwaring! No es necesario que te diga cuánto lo extraño, y cuán constantemente está en mis pensamientos. He encontrado una carta muy triste de él a mi llegada aquí, repleta de quejas sobre su mujer y su hermana, y llena de lamentos sobre la crueldad de su destino. He dicho que la carta era de su mujer a los Vernon y, cuando le escriba a él, deberé hacerlo usándote a ti para evitar ser descubierta.

Atentamente,

S. VERNON

Churchhill.

Well, my dear Reginald, I have seen this dangerous creature, and must give you some description of her, though I hope you will soon be able to form your own judgment. She is really excessively pretty; however you may choose to question the allurements of a lady no longer young, I must, for my own part, declare that I have seldom seen so lovely a woman as Lady Susan. She is delicately fair, with fine grey eyes and dark eyelashes; and from her appearance one would not suppose her more than five and twenty, though she must in fact be ten years older. I was certainly not disposed to admire her, though always hearing she was beautiful; but I cannot help feeling that she possesses an uncommon union of symmetry, brilliancy, and grace. Her address to me was so gentle, frank, and even affectionate, that, if I had not known how much she has always disliked me for marrying Mr. Vernon, and that we had never met before, I should have imagined her an attached friend. One is apt, I believe, to connect assurance of manner with coquetry, and to expect that an impudent address will naturally attend an impudent mind; at least I was myself prepared for an improper degree of confidence in Lady Susan; but her countenance is absolutely sweet, and her voice and manner winningly mild. I am sorry it is so, for what is this but deceit? Unfortunately, one knows her too well. She is clever and agreeable, has all that knowledge of the world which makes conversation easy, and talks very well, with a happy command of language, which is too often used, I believe, to make black appear white. She has already almost persuaded me of her being warmly attached to her daughter, though I have been so long convinced to the contrary. She speaks of her with so much tenderness and anxiety, lamenting so bitterly the neglect of her education, which she represents however as wholly unavoidable, that I am forced to recollect how many successive springs her ladyship spent in town, while her daughter was left in Staffordshire to the care of servants, or a governess very little better, to prevent my believing what she says.

If her manners have so great an influence on my resentful heart, you may judge how much more strongly they operate on Mr. Vernon's generous temper. I wish I could be as well satisfied as he is, that it

Churchhill.

Bueno, mi querido Reginald, he podido observar a esta peligrosa criatura, y debo describírtela, aunque espero que pronto puedas formar tu propio juicio sobre ella. Es real y excesivamente bella; aunque puedas cuestionar los encantos de una dama que ha pasado ya su juventud, debo, por mi parte, decir que en pocas oportunidad han visto mis ojos una mujer tan bella como lady Susan. Es delicadamente blanca, con exquisitos ojos grises y oscuras pestañas; y por su apariencia nadie podría suponerla mayor de veinticinco, aunque en realidad debe de ser al menos diez años mayor. Ciertamente no estaba dispuesta a admirarla, a pesar de que había oído que era hermosa; pero no puedo evitar sentir que posee una peculiar combinación de simetría, notoriedad y gracia. Su trato hacia mí ha sido gentil, cordial y tan afectuoso que, de no saber lo mucho que le he disgustado siempre por casarme con el señor Vernon, la hubiera imaginado una cercana amiga. Es usual en mi opinión relacionar la seguridad con la coquetería, y esperaría un trato imprudente de una mente tal, y por tanto, aguardaba yo un excesivo nivel de confianza por parte de lady Susan; pero posee un semblante absolutamente dulce, y su voz y gestos son totalmente encantadores. Me apena que así sea pues, ¿qué otra cosa es, aparte de un engaño? Desafortunadamente, la conocemos demasiado bien. Es lista y complaciente, tiene tanto conocimiento sobre el mundo como para generar conversaciones agradables, y habla muy apropiadamente, con un uso positivo del lenguaje que, muy a menudo, es utilizado para hacer que lo negro parezca blanco. Casi me ha persuadido de que tiene una cálida relación con su hija, incluso aunque yo siempre he estado convencida de lo contrario. Habla de ella con tanta ternura y ansiedad, lamentando amargamente la negligencia de su educación, hablando del hecho como si hubiera sido completamente inevitable, tanto que me obligo a recordar las sucesivas primaveras que la señora pasaba en la ciudad —mientras que su hija se quedaba en Staffordshire al cuidado de sirvientes, o de una institutriz que no era mucho mejor— para evitar creer en lo que dice.

Si sus modales tienen tal influencia en mi resentido corazón, puedes imaginar qué tanto más afectan al generoso carácter del señor Vernon. Me gustaría estar tan convencida como él de que verdaderamente fue

was really her choice to leave Langford for Churchhill; and if she had not stayed there for months before she discovered that her friend's manner of living did not suit her situation or feelings, I might have believed that concern for the loss of such a husband as Mr. Vernon, to whom her own behaviour was far from unexceptionable, might for a time make her wish for retirement. But I cannot forget the length of her visit to the Mainwarings, and when I reflect on the different mode of life which she led with them from that to which she must now submit, I can only suppose that the wish of establishing her reputation by following though late the path of propriety, occasioned her removal from a family where she must in reality have been particularly happy. Your friend Mr. Smith's story, however, cannot be quite correct, as she corresponds regularly with Mrs. Mainwaring. At any rate it must be exaggerated. It is scarcely possible that two men should be so grossly deceived by her at once.

Yours, &c.,

CATHERINE VERNON

su decisión abandonar Langford por Churchhill; y si ella no hubiese permanecido allí por meses antes de darse cuenta que los modales y estilo de vida de sus amigos no se alineaban con el suyo, habría creído en su desconcierto luego del fallecimiento de un marido como el señor Vernon, con el cual ella se comportaba de modo más bien poco excepcional, y en su deseo de buscar un lugar de retiro. Sin embargo, no puedo olvidar lo extenso de su estadía con los Mainwaring, y cuando pienso en el modo —tan desigual comparado con el que ahora debe de conformarse— de vivir que ella llevaba con ellos, solo puedo suponer que el deseo de fijar su reputación siguiendo, más tarde que temprano, el camino del decoro, ocasionó su alejamiento de una familia con la que, en realidad, ella debió haber sido verdaderamente feliz. Por otro lado, la historia de tu amigo, el señor Smith, no puede ser del todo correcta, dado que lady Susan mantiene regularmente correspondencia con la señora Mainwaring. Debe de ser seguramente exagerada. Es improbable que dos hombres hayan podido ser tan extremadamente engañados por ella al mismo tiempo.

Cordialmente,

CATHERINE VERNON

Churchhill.

My dear Alicia,—You are very good in taking notice of Frederica, and I am grateful for it as a mark of your friendship; but as I cannot have any doubt of the warmth of your affection, I am far from exacting so heavy a sacrifice. She is a stupid girl, and has nothing to recommend her. I would not, therefore, on my account, have you encumber one moment of your precious time by sending for her to Edward Street, especially as every visit is so much deducted from the grand affair of education, which I really wish to have attended to while she remains at Miss Summers's. I want her to play and sing with some portion of taste and a good deal of assurance, as she has my hand and arm and a tolerable voice. I was so much indulged in my infant years that I was never obliged to attend to anything, and consequently am without the accomplishments which are now necessary to finish a pretty woman. Not that I am an advocate for the prevailing fashion of acquiring a perfect knowledge of all languages, arts, and sciences. It is throwing time away to be mistress of French, Italian, and German: music, singing, and drawing, &c., will gain a woman some applause, but will not add one lover to her list—grace and manner, after all, are of the greatest importance. I do not mean, therefore, that Frederica's acquirements should be more than superficial, and I flatter myself that she will not remain long enough at school to understand anything thoroughly. I hope to see her the wife of Sir James within a twelvemonth. You know on what I ground my hope, and it is certainly a good foundation, for school must be very humiliating to a girl of Frederica's age. And, by-the-by, you had better not invite her any more on that account, as I wish her to find her situation as unpleasant as possible. I am sure of Sir James at any time, and could make him renew his application by a line. I shall trouble you meanwhile to prevent his forming any other attachment when he comes to town. Ask him to your house occasionally, and talk to him of Frederica, that he may not forget her. Upon the whole, I commend my own conduct in this affair extremely, and regard it as a very happy instance of circumspection and tenderness. Some mothers would have insisted on their daughter's accepting so good an offer on the first overture; but I could not reconcile it to myself to force Frederica into a marriage from which her heart revolted, and instead of adopting so harsh a

Churchhill.

Querida Alicia:

Eres muy amable por ocuparte de Frederica, y lo recibo con gratitud como una muestra de tu amistad. Pero si bien no tengo ninguna duda sobre la calidez de tu afecto, lejos estoy de exigir un sacrificio tan pesado. Ella es una muchacha estúpida, y no hay nada destacable en ella. No te pediría por lo tanto que gastes un segundo de tu precioso tiempo mandándola a buscar a la calle Edward, especialmente porque cada visita le resta demasiado tiempo de su educación, asunto por el que pretendo se interese mientras permanece con la señorita Summers. Quisiera que toque y cante con algo de buen gusto, y que desarrolle una buena dosis de confianza, puesto que tiene mis manos, y una voz tolerable. Yo he sido tan consentida durante mi infancia que nunca se me exigió que me aplique a nada y, consecuentemente, carezco de las competencias que se precisan para completar a una mujer hermosa. No es que sea partidaria de la actual afinidad de adquirir conocimiento total de todos los idiomas, artes y ciencias. Es desperdiciar el tiempo el dominar el francés, el italiano y el alemán, así como la música, el canto y el dibujo. Lograrán que una mujer gane un par de aplausos, pero no agregarán ni un solo amante a su lista. Después de todo, los modales y la distinción son lo más importante. No pretendo, por lo tanto, que los conocimientos de Frederica sean más que superficiales, y me enorgullece saber que no permanecerá el suficiente tiempo en la escuela como para aprender algo. Espero verla casada con sir James dentro de doce meses. Ya sabes en qué baso mi esperanza, sin duda bien fundamentada, puesto que ir a la escuela debe de ser muy humillante para una muchacha de la edad de Frederica. Y, mientras tanto, más te vale por esa razón no invitarla más, ya que espero que encuentre su situación lo más desagradable posible. Cuento con sir James en cualquier momento y podría hacerle renovar su petición con unas breves líneas. Debo pedirte mientras tanto evitar que él adquiera cualquier compromiso cuando venga a la ciudad. Invítalo a tu casa ocasionalmente, y háblale de Frederica, para que no pueda olvidarse de ella. En líneas generales, elogio extremadamente mi propia conducta en este asunto y la considero una combinación agraciada de circunspección y ternura. Algunas madres habrían insistido a su hija para que aceptara una oferta tan buena a la primera propuesta, pero

measure merely propose to make it her own choice, by rendering her thoroughly uncomfortable till she does accept him—but enough of this tiresome girl. You may well wonder how I contrive to pass my time here, and for the first week it was insufferably dull. Now, however, we begin to mend, our party is enlarged by Mrs. Vernon's brother, a handsome young man, who promises me some amusement. There is something about him which rather interests me, a sort of sauciness and familiarity which I shall teach him to correct. He is lively, and seems clever, and when I have inspired him with greater respect for me than his sister's kind offices have implanted, he may be an agreeable flirt. There is exquisite pleasure in subduing an insolent spirit, in making a person predetermined to dislike acknowledge one's superiority. I have disconcerted him already by my calm reserve, and it shall be my endeavour to humble the pride of these self important De Courcys still lower, to convince Mrs. Vernon that her sisterly cautions have been bestowed in vain, and to persuade Reginald that she has scandalously belied me. This project will serve at least to amuse me, and prevent my feeling so acutely this dreadful separation from you and all whom I love.

Yours ever,

S. VERNON

yo no me habría sentido satisfecha de mí misma forzando a Frederica a acceder a un matrimonio que su corazón rechazaba. En lugar de adoptar una actitud tan severa, simplemente me propongo hacer que ella misma lo desee, incomodándola continuamente, hasta que ella acepte. Pero basta de esta agotadora niña. Debes de estar preguntándote cómo soporto mi tiempo aquí, y la verdad es que durante la primera semana estuve insufriblemente aburrida. Ahora, por otro lado, estamos empezando a reconciliarnos. Nuestra familia se agrandó por la aparición del hermano de la señora Vernon, un hombre joven y apuesto, que parece ser un candidato prometedor para mi entretenimiento. Hay algo en él que me interesa sobremanera, una suerte de picardía y familiaridad que sabré corregir en él. Es vivaz y parece inteligente, y cuando le haya inspirado un respeto mayor que el que los oficios de su hermana le han inculcado, será agradable coquetear con él. Existe un placer exquisito en subordinar un espíritu inocente, en hacer que una persona determinada a verte con repulsión termine aceptando la superioridad de una. Ya lo he descolocado con mi calma reservada y me dedicaré a rebajar a estos importantes De Courcy todavía más, para convencer a la señora Vernon de que sus fraternales precauciones fueron ejecutadas en vano, y a Reginald de que ella le ha embaucado terriblemente. Este proyecto me servirá de entretenimiento, y evitará el dolor de estar separada de ti y de aquellos que amo.

Cordialmente,

S. VERNON

Churchhill.

My dear Mother,—You must not expect Reginald back again for some time. He desires me to tell you that the present open weather induces him to accept Mr. Vernon's invitation to prolong his stay in Sussex, that they may have some hunting together. He means to send for his horses immediately, and it is impossible to say when you may see him in Kent. I will not disguise my sentiments on this change from you, my dear mother, though I think you had better not communicate them to my father, whose excessive anxiety about Reginald would subject him to an alarm which might seriously affect his health and spirits. Lady Susan has certainly contrived, in the space of a fortnight, to make my brother like her. In short, I am persuaded that his continuing here beyond the time originally fixed for his return is occasioned as much by a degree of fascination towards her, as by the wish of hunting with Mr. Vernon, and of course I cannot receive that pleasure from the length of his visit which my brother's company would otherwise give me. I am, indeed, provoked at the artifice of this unprincipled woman; what stronger proof of her dangerous abilities can be given than this perversion of Reginald's judgment, which when he entered the house was so decidedly against her! In his last letter he actually gave me some particulars of her behaviour at Langford, such as he received from a gentleman who knew her perfectly well, which, if true, must raise abhorrence against her, and which Reginald himself was entirely disposed to credit. His opinion of her, I am sure, was as low as of any woman in England; and when he first came it was evident that he considered her as one entitled neither to delicacy nor respect, and that he felt she would be delighted with the attentions of any man inclined to flirt with her. Her behaviour, I confess, has been calculated to do away with such an idea; I have not detected the smallest impropriety in it—nothing of vanity, of pretension, of levity; and she is altogether so attractive that I should not wonder at his being delighted with her, had he known nothing of her previous to this personal acquaintance; but, against reason, against conviction, to be so well pleased with her, as I am sure he is, does really astonish me. His admiration was at first very strong, but no more than was natural, and I did not wonder at his being much struck by the gentleness and delicacy of her manners; but when he has men-

VIII — LA SEÑORA VERNON A LADY DE COURCY

Churchhill.

Querida madre:

No debes esperar el regreso de Reginald por un tiempo. Me pidió que te dijera que el actual clima agradable de Sussex lo indujo a aceptar la invitación del señor Vernon de prolongar su estadía. Puede que salgan a cazar juntos. Planea enviar a traer sus caballos de inmediato, y es imposible adivinar cuándo volverás a verlo en Kent. No intentaré ocultar mis sentimientos sobre este cambio, querida madre, pero creo que lo mejor será no comunicarlos a mi padre, a quien cuya excesiva ansiedad en cuanto a Reginald podría generarle una angustia que seguramente afectaría su salud y espíritu. Lady Susan ha conseguido, en el lapso de una quincena, gustar a mi hermano. En síntesis, me inclino a pensar que la estadía de él aquí más allá de la fecha que originalmente había pautado para su regreso es ocasionado en gran medida por su fascinación hacia ella, así como por el deseo de cazar con el señor Vernon. Y, ciertamente, no puedo disfrutar del placer que, en caso contrario, me hubiese producido la prolongada estadía de mi hermano. Me encuentro irritada por las estratagemas de esta mujer inescrupulosa, ¿qué otra prueba hace falta de sus peligrosas habilidades que esta perversión del juicio de Reginald, quien, al ingresar a esta casa, se encontraba en su contra? En su última carta me había informado él de algunas peculiaridades sobre su comportamiento en Longford por parte de un caballero que la conocía perfectamente y que, de ser ciertas, provocan no más que aborrecimiento; peculiaridades que el mismo Reginald estaba dispuesto a dar crédito. Su opinión sobre ella, sostengo, era tan baja como sobre cualquier otra mujer de Inglaterra, y cuando la vio por primera vez era claro que no la consideraba digna de respeto, mucho menos de aprecio, y sospechaba que ella se sentiría deleitada por las atenciones de cualquier hombre dispuesto a cortejarla. El comportamiento de ella, debo confesar, ha sido calculado con la intención de erradicar esa idea. No he detectado en ella la menor falta de decoro, nada de vanidad, pretención o ligereza, y ella es verdaderamente tan atractiva que no tengo dudas de que él estaría fascinado con ella, de no haber sabido él nada por parte de su colega. Pero, a pesar de toda razón, de toda convicción, el verlo tan complacido con ella, como estoy segura que lo está, me impacta. Su admiración era en un principio muy fuerte, pero no más de la

tioned her of late it has been in terms of more extraordinary praise; and yesterday he actually said that he could not be surprised at any effect produced on the heart of man by such loveliness and such abilities; and when I lamented, in reply, the badness of her disposition, he observed that whatever might have been her errors they were to be imputed to her neglected education and early marriage, and that she was altogether a wonderful woman. This tendency to excuse her conduct or to forget it, in the warmth of admiration, vexes me; and if I did not know that Reginald is too much at home at Churchhill to need an invitation for lengthening his visit, I should regret Mr. Vernon's giving him any. Lady Susan's intentions are of course those of absolute coquetry, or a desire of universal admiration; I cannot for a moment imagine that she has anything more serious in view; but it mortifies me to see a young man of Reginald's sense duped by her at all.

I am, &c.,

CATHERINE VERNON

que sería natural, y no dudaba que él estaría fascinado por la ternura y la exquisita naturaleza de sus modales. Pero, al mencionarla últimamente, él lo hace lleno de alabanzas hacia ella. Ayer, de hecho, dijo que no le sorprendería cualquier efecto que produzca en el corazón de los hombres con tanta hermosura y con habilidades como las suyas, y cuando yo respondí, lamentándome, que sus intenciones venían acompañadas de maldad, él objetó que cualquiera hayan sido sus errores, debían estar dados por su descuidada educación y su precoz matrimonio, y que ella era, en realidad, una mujer excepcional. Esta tendencia de excusar su comportamiento, u olvidarlo, me exaspera, y de no saber que Reginald se siente como en su propia casa cuando está en Churchhill como para necesitar una invitación para prolongar su estadía, me arrepentiría de que el señor Vernon lo haya invitado. Las intenciones de lady Susan son a todas luces las de la más absoluta coquetería, y las del deseo de una admiración universal. No puedo ni por un momento imaginar que algo más serio esté en sus planes, pero me mortifica ver a un joven con la sensatez de Reginald tan obnubilado.

Atentamente,

CATHERINE VERNON

Edward Street.

My dearest Friend,—I congratulate you on Mr. De Courcy's arrival, and I advise you by all means to marry him; his father's estate is, we know, considerable, and I believe certainly entailed. Sir Reginald is very infirm, and not likely to stand in your way long. I hear the young man well spoken of; and though no one can really deserve you, my dearest Susan, Mr. De Courcy may be worth having. Mainwaring will storm of course, but you easily pacify him; besides, the most scrupulous point of honour could not require you to wait for *his* emancipation. I have seen Sir James; he came to town for a few days last week, and called several times in Edward Street. I talked to him about you and your daughter, and he is so far from having forgotten you, that I am sure he would marry either of you with pleasure. I gave him hopes of Frederica's relenting, and told him a great deal of her improvements. I scolded him for making love to Maria Mainwaring; he protested that he had been only in joke, and we both laughed heartily at her disappointment; and, in short, were very agreeable. He is as silly as ever.

Yours faithfully,

ALICIA

La calle Edward.

Querida amiga:

Me alegra la llegada del señor De Courcy, y te aconsejo encarecidamente que te cases con él; el número de propiedades de su padre es, como ya sabemos, considerable, y opino que su herencia está ciertamente asegurada. El señor Reginald tiene una salud muy débil, y lo más probable es que no se entrometa mucho tiempo en tu camino. Tengo entendido que el joven es de buenos modales y, si bien nadie te merece realmente, mi queridísima Susan, el señor De Courcy podría ser una adquisición decente. Mainwaring se enfurecerá, ciertamente, pero tienes facilidad para calmarlo. Además, ni el honor más escrupuloso requeriría que esperaras *su* emancipación. He visto a sir James; vino a la ciudad por un par de días la semana pasada, y me visitó repetidas veces en la calle Edward. Hablé con él de ti y de tu hija y está tan lejos de olvidarte que estoy segura de que felizmente se casaría con cualquiera de las dos. Alenté sus esperanzas diciéndole que Frederica cederá y le hablé de cómo ella progresaba. Le reprendí por seducir a Maria Mainwaring. Él protestó diciendo que había sido tan solo en tono de broma y los dos nos reímos a carcajadas por la desilusión de la chica. En resumidas cuentas, nos entendimos en todo. Sigue tan tonto como siempre.

Cariñosamente,

ALICIA

Churchhill.

I am much obliged to you, my dear Friend, for your advice respecting Mr. De Courcy, which I know was given with the full conviction of its expediency, though I am not quite determined on following it. I cannot easily resolve on anything so serious as marriage; especially as I am not at present in want of money, and might perhaps, till the old gentleman's death, be very little benefited by the match. It is true that I am vain enough to believe it within my reach. I have made him sensible of my power, and can now enjoy the pleasure of triumphing over a mind prepared to dislike me, and prejudiced against all my past actions. His sister, too, is, I hope, convinced how little the ungenerous representations of anyone to the disadvantage of another will avail when opposed by the immediate influence of intellect and manner. I see plainly that she is uneasy at my progress in the good opinion of her brother, and conclude that nothing will be wanting on her part to counteract me; but having once made him doubt the justice of her opinion of me, I think I may defy her. It has been delightful to me to watch his advances towards intimacy, especially to observe his altered manner in consequence of my repressing by the cool dignity of my deportment his insolent approach to direct familiarity. My conduct has been equally guarded from the first, and I never behaved less like a coquette in the whole course of my life, though perhaps my desire of dominion was never more decided. I have subdued him entirely by sentiment and serious conversation, and made him, I may venture to say, at least half in love with me, without the semblance of the most commonplace flirtation. Mrs. Vernon's consciousness of deserving every sort of revenge that it can be in my power to inflict for her ill-offices could alone enable her to perceive that I am actuated by any design in behaviour so gentle and unpretending. Let her think and act as she chooses, however. I have never yet found that the advice of a sister could prevent a young man's being in love if he chose. We are advancing now to some kind of confidence, and in short are likely to be engaged in a sort of platonic friendship. On my side you may be sure of its never being more, for if I were not attached to another person as much as I can be to anyone, I should make a point of not bestowing my affection on a man who had dared to think so meanly of me. Reginald has a good figure and is not unworthy the

Churchhill.

Agradezco mucho, querida amiga, tu consejo en cuanto al señor De Courcy, que estoy segura fue dado con la convicción total de su provecho, aunque no me siento muy determinada a seguirlo. No me es fácil decidirme por algo tan serio como el matrimonio, especialmente dado que ahora no estoy falta de dinero, y me vea quizás, hasta la muerte del padre, muy poco beneficiada por la unión. Es verdad que mi vanidad me permite creer que está a mi alcance, Lo he hecho sensible a mi poder, y puedo disfrutar ahora del placer de triunfar ante una mente que estaba dispuesta a sentir desagrado hacia mí y que se encontraba sometida al prejuicio de mis acciones pasadas. Su hermana estará también, espero, convencida de lo poco que valen las representaciones poco generosas de alguien para predisponerlo contra otra persona, cuando se pueden contrarrestar con la influencia inmediata del intelecto y los modales. Veo claramente que mi progreso sobre la opinión que su hermano tiene de mí la incomoda, y que no ahorrará esfuerzos para actuar en mi contra. Pero una vez logre hacerla dudar de la honradez de su opinión sobre mí, creo que podré desafiarla. Ha sido un placer para mí observar sus intentos de alcanzar una mayor intimidad, en especial observar el cambio en su actitud en consecuencia de mi digna y calmada reserva, cuando él intentó acercarse con directa familiaridad. Mi conducta ha sido, desde el principio, igualmente reservada y nunca me había comportado de modo menos coqueto en toda mi vida, aunque tal vez tampoco mi deseo de dominación había sido nunca tan decisivo. Lo he sometido enteramente a base de sentimientos y conversaciones profundas, y he logrado, me atrevo a decir, que esté al menos enamorado a medias de mí, sin el menor indicio de usual coqueteo. La certidumbre por parte de la señora Vernon en cuanto a que cree merecer alguna clase de venganza, la que esté en mi mano infligirle por sus maniobras perversas, bastará para que pueda percibir que actúo con un comportamiento de lo más bondadoso y honesto. Le permitiré actuar como quiera, de todos modos. Jamás he visto que el consejo de una hermana prevenga a un joven de enamorarse si es que quiere hacerlo. Estamos avanzando hacia una cierta confianza, y pronto estaremos envueltos en una suerte de amistad platónica. Por mi parte, puedes estar segura que no representará más que eso, puesto que si llegara el momento de estar tan unida a otra persona tanto como lo puedo estar con cualquiera, me aseguraré

praise you have heard given him, but is still greatly inferior to our friend at Langford. He is less polished, less insinuating than Mainwaring, and is comparatively deficient in the power of saying those delightful things which put one in good humour with oneself and all the world. He is quite agreeable enough, however, to afford me amusement, and to make many of those hours pass very pleasantly which would otherwise be spent in endeavouring to overcome my sister-in-law's reserve, and listening to the insipid talk of her husband. Your account of Sir James is most satisfactory, and I mean to give Miss Frederica a hint of my intentions very soon.

Yours, &c.,

S. VERNON

de no brindarle mi afecto a un hombre que ha pensado tan cruelmente sobre mí. Reginald tiene una buena figura, y merece los elogios que has oído de él, pero es muy inferior a nuestro amigo de Langford. Es menos refinado, menos insinuante que Mainwaring y, en comparación, muestra menos eficacia para decir esas cosas tan encantadoras que la ponen a una de buen humor consigo misma y con el mundo. Es bastante agradable, sin embargo, como entretenimiento, y ayuda a pasar placenteramente las largas horas, que caso contrario estarían ocupadas esforzándome por superar la reserva de mi cuñada, y escuchando la insípida charla de su marido. Tus novedades sobre sir James son de lo más satisfactorias, y pienso mostrarle a Frederica una pizca de mis intenciones muy pronto.

Cordialmente,

S. VERNON

Churchhill.

I really grow quite uneasy, my dearest mother, about Reginald, from witnessing the very rapid increase of Lady Susan's influence. They are now on terms of the most particular friendship, frequently engaged in long conversations together; and she has contrived by the most artful coquetry to subdue his judgment to her own purposes. It is impossible to see the intimacy between them so very soon established without some alarm, though I can hardly suppose that Lady Susan's plans extend to marriage. I wish you could get Reginald home again on any plausible pretence; he is not at all disposed to leave us, and I have given him as many hints of my father's precarious state of health as common decency will allow me to do in my own house. Her power over him must now be boundless, as she has entirely effaced all his former ill-opinion, and persuaded him not merely to forget but to justify her conduct. Mr. Smith's account of her proceedings at Langford, where he accused her of having made Mr. Mainwaring and a young man engaged to Miss Mainwaring distractedly in love with her, which Reginald firmly believed when he came here, is now, he is persuaded, only a scandalous invention. He has told me so with a warmth of manner which spoke his regret at having believed the contrary himself. How sincerely do I grieve that she ever entered this house! I always looked forward to her coming with uneasiness; but very far was it from originating in anxiety for Reginald. I expected a most disagreeable companion for myself, but could not imagine that my brother would be in the smallest danger of being captivated by a woman with whose principles he was so well acquainted, and whose character he so heartily despised. If you can get him away it will be a good thing.

Yours, &c.,

CATHERINE VERNON

Churchhill.

Me genera cada vez más disgusto, mi querida madre, atestiguar el rápido incremento de la influencia que ejerce lady Susan sobre Reginald. Se encuentran ahora envueltos en la más peculiar de las amistades, frecuentemente manteniendo largas conversaciones y, mediante astuta coquetería, ella se las ha ingeniado para someter su juicio a sus propósitos. Resulta imposible observar la intimidad, tan apresuradamente adquirida, que mantienen sin sentir algún tipo de alarma, aunque dudo que los planes de lady Susan consideren extenderse hasta el matrimonio. Desearía pudieras conseguir que Reginald regrese a casa con cualquier tipo de pretexto. No tiene ninguna disposición por abandonarnos, y le he dado tantos recordatorios de la frágil salud de nuestro padre como la decencia me permite estando en mi propia casa. El dominio de ella sobre él debe de ser total en estos momentos, pues ha erradicado toda opinión anterior que él tenía sobre ella y ha logrado persuadirlo no solo de olvidar, sino incluso de justificar, su conducta. Las confidencias del señor Smith con relación a la conducta de lady Susan en Langford, en las cuales acusaba de haber enamorado al señor Mainwaring y a un joven comprometido con la señorita Mainwaring, y que Reginald creía firmemente cuando llegó a Churchhill, son ahora, está convencido, tan solo una invención escandalosa. ¡Me ha dicho esto con una franqueza que denotaba gran culpa por haber creído en algún momento lo contrario! ¡Cómo lamento que ella haya entrado en algún momento en esta casa! Siempre esperé su estadía con amargura, pero lejos estaba de sentir esta ansiedad por Reginald. Esperaba una compañía desagradable de su parte, pero no hubiera imaginado que mi hermano podría estar corriendo el riesgo de ser cautivado por esta mujer, de cuyos principios él estaba totalmente enterado, y cuyo carácter despreciaba tan profundamente. Si lograses que volviera, sería lo mejor.

Cordialmente,

CATHERINE VERNON

XII — *Sir Reginald De Courcy to his Son.*

Parklands.

I know that young men in general do not admit of any enquiry even from their nearest relations into affairs of the heart, but I hope, my dear Reginald, that you will be superior to such as allow nothing for a father's anxiety, and think themselves privileged to refuse him their confidence and slight his advice. You must be sensible that as an only son, and the representative of an ancient family, your conduct in life is most interesting to your connections; and in the very important concern of marriage especially, there is everything at stake—your own happiness, that of your parents, and the credit of your name. I do not suppose that you would deliberately form an absolute engagement of that nature without acquainting your mother and myself, or at least, without being convinced that we should approve of your choice; but I cannot help fearing that you may be drawn in, by the lady who has lately attached you, to a marriage which the whole of your family, far and near, must highly reprobate. Lady Susan's age is itself a material objection, but her want of character is one so much more serious, that the difference of even twelve years becomes in comparison of small amount. Were you not blinded by a sort of fascination, it would be ridiculous in me to repeat the instances of great misconduct on her side so very generally known.

Her neglect of her husband, her encouragement of other men, her extravagance and dissipation, were so gross and notorious that no one could be ignorant of them at the time, nor can now have forgotten them. To our family she has always been represented in softened colours by the benevolence of Mr. Charles Vernon, and yet, in spite of his generous endeavours to excuse her, we know that she did, from the most selfish motives, take all possible pains to prevent his marriage with Catherine.

My years and increasing infirmities make me very desirous of seeing you settled in the world. To the fortune of a wife, the goodness of my own will make me indifferent, but her family and character must be equally unexceptionable. When your choice is fixed so that no objection can be made to it, then I can promise you a ready and cheer-

XII — SIR REGINALD DE COURCY A SU HIJO

Parklands.

Tengo claro que los jóvenes raramente admiten algún tipo de investigación personal, incluso a sus más allegados, de los más profundos contenidos de sus corazones, pero espero, mi querido Reginald, que demuestres estar por encima de aquellas personas que, con el pretexto de evitar la ansiedad de un padre, creen necesario abandonar el privilegio de negarle la confianza y hacer caso de su consejo. Debes de ser consciente que, como único hijo y representante de una importante familia, tu conducta en la vida es de lo más interesante para tus conexiones. Y en lo que concierne al importante asunto del matrimonio, todo está en juego: tu felicidad, la de tus padres y el crédito de tu buen nombre. Supongo que no adquirirías un compromiso de tal naturaleza sin comunicárselo a tu madre y a mí mismo o, por lo menos, sin estar convencido de que aprobaríamos tu elección, pero no puedo ahuyentar el temor de que te veas arrastrado al matrimonio por una dama que últimamente ha intimado contigo, cosa que toda tu familia, la más y la menos cercana, rechazaría con toda vehemencia. La edad de lady Susan ya representa una objeción material, pero la naturaleza de su carácter es tanto más serio que incluso la diferencia de doce años, palidece. De no ser por estar cegado por algún tipo de fascinación, sería ridículo de mi parte repetirte las circunstancias de su tan inadecuada conducta, tan conocidas por todos.

Su negligencia para con su marido, su incitación a otros hombres, su extravagancia y disipación, han sido tan nefastas como notorias; nadie pudo ignorarlas en su momento, ni olvidarlas ahora. Dentro de nuestra familia su carácter ha sido dulcificado gracias a la benevolencia del señor Vernon y, aún así, a pesar de sus generosos intentos de excusarla, sabemos ahora que, por los más egoístas motivos, se ha tomado todas las molestias posibles para prevenir su matrimonio con Catherine.

Mi edad y mis sucesivas enfermedades me hacen muy deseoso de verte establecido ante el mundo. La fortuna de tu esposa me es indiferente debido a la magnitud de la mía, pero su familia y sus modales deben ser igualmente intachables. Cuando tu elección sea tal que no se pueda objetar nada, te prometo una certera y alegre aprobación, pero

ful consent; but it is my duty to oppose a match which deep art only could render possible, and must in the end make wretched. It is possible her behaviour may arise only from vanity, or the wish of gaining the admiration of a man whom she must imagine to be particularly prejudiced against her; but it is more likely that she should aim at something further. She is poor, and may naturally seek an alliance which must be advantageous to herself; you know your own rights, and that it is out of my power to prevent your inheriting the family estate. My ability of distressing you during my life would be a species of revenge to which I could hardly stoop under any circumstances.

I honestly tell you my sentiments and intentions: I do not wish to work on your fears, but on your sense and affection. It would destroy every comfort of my life to know that you were married to Lady Susan Vernon; it would be the death of that honest pride with which I have hitherto considered my son; I should blush to see him, to hear of him, to think of him. I may perhaps do no good but that of relieving my own mind by this letter, but I felt it my duty to tell you that your partiality for Lady Susan is no secret to your friends, and to warn you against her. I should be glad to hear your reasons for disbelieving Mr. Smith's intelligence; you had no doubt of its authenticity a month ago. If you can give me your assurance of having no design beyond enjoying the conversation of a clever woman for a short period, and of yielding admiration only to her beauty and abilities, without being blinded by them to her faults, you will restore me to happiness; but, if you cannot do this, explain to me, at least, what has occasioned so great an alteration in your opinion of her.

I am, &c., &c,

REGINALD DE COURCY

es mi deber oponerme a una unión que puede haberse conferido solo con el más profundo arte y, en última instancia, te volverá desdichado. Es posible que su comportamiento nazca solo de la vanidad, o del deseo de ganarse la admiración de un hombre al que encontró prejuiciado en su contra, pero también es posible que su objetivo vaya más allá de eso. Ella es pobre, y naturalmente buscará una alianza ventajosa para ella. Tú conoces tus derechos y sabes que no puedo negarte la herencia de las propiedades familiares. Generarte dolor por lo que me resta de vida sería un tipo de venganza a la que no me rebajaría ante ninguna circunstancia.

Te comunico honestamente estas intenciones y sentimientos: no pretendo apelar a tus miedos, sino más bien a tu cordura y afecto. Destruiría toda la calma en mi vida enterarme que te has casado con lady Susan Vernon, sería la muerte del honesto orgullo que siempre había atribuido a mi hijo. Me avergonzaría mirarlo, oír de él, pensar en él. Quizás no obro bien exponiendo mis reflexiones en esta carta, pero me siento responsable de informarte que tu preferencia para con lady Susan no es ningún secreto entre tus amigos, y de advertirte sobre esta mujer. Me complacería escuchar tus razones para desacreditar la información del señor Smith, no tenías duda alguna de su autenticidad hace apenas un mes. Si puedes garantizarme que no tienes intenciones más que las de compartir una conversación con una mujer inteligente por un breve periodo de tiempo, sin ignorar sus falencias, restaurarás mi felicidad pero si, por el contrario, no puedes hacer esto, explícame al menos, qué es lo que ha causado tal alteración en tu opinión sobre ella.

Cordialmente,

REGINALD DE COURCY

Parklands.

My dear Catherine,—Unluckily I was confined to my room when your last letter came, by a cold which affected my eyes so much as to prevent my reading it myself, so I could not refuse your father when he offered to read it to me, by which means he became acquainted, to my great vexation, with all your fears about your brother. I had intended to write to Reginald myself as soon as my eyes would let me, to point out, as well as I could, the danger of an intimate acquaintance, with so artful a woman as Lady Susan, to a young man of his age, and high expectations. I meant, moreover, to have reminded him of our being quite alone now, and very much in need of him to keep up our spirits these long winter evenings. Whether it would have done any good can never be settled now, but I am excessively vexed that Sir Reginald should know anything of a matter which we foresaw would make him so uneasy. He caught all your fears the moment he had read your letter, and I am sure he has not had the business out of his head since. He wrote by the same post to Reginald a long letter full of it all, and particularly asking an explanation of what he may have heard from Lady Susan to contradict the late shocking reports. His answer came this morning, which I shall enclose to you, as I think you will like to see it. I wish it was more satisfactory; but it seems written with such a determination to think well of Lady Susan, that his assurances as to marriage, &c., do not set my heart at ease. I say all I can, however, to satisfy your father, and he is certainly less uneasy since Reginald's letter. How provoking it is, my dear Catherine, that this unwelcome guest of yours should not only prevent our meeting this Christmas, but be the occasion of so much vexation and trouble! Kiss the dear children for me.

Your affectionate mother,

C. DE COURCY

XIII — LADY DE COURCY A LA SEÑORA VERNON

Parklands.

Mi querida Catherine:

Desafortunadamente, me encontraba postrada en cama el momento
en el que tu última carta llegó, por un resfrío que afectó mi vista hasta
el punto de no poder leerla por mi cuenta, por lo que no pude negarme
cuando tu padre se ofreció a leerla por mí, lo que significa que se ha
puesto al corriente, para mi desdicha, de todos tus temores en cuanto
a tu hermano. Pretendía escribir yo misma a Reginald tan pronto como
mi vista me lo permitiera, para advertirle de los riesgos de conllevar una
relación íntima con una mujer tan sagaz como lady Susan, para un joven de su edad y expectativas. Procuraría también recordarle que nos
encontramos solos desde hace ya un tiempo, y necesitamos de él para
mantener altos nuestros espíritus estas largas tardes de invierno. No
podemos saber ahora si habría hecho algún bien, pero me desconcierta
enormemente que sir Reginald sepa algo sobre el asunto que prediji-
mos podría perturbarlo tanto. Él comprendió todos tus temores apenas
leyó tu carta, y estoy segura de que no hubo otro asunto que ocupara su
mente desde entonces. Escribió inmediatamente una larga carta a Reginald, exigiendo una explicación de lo que podría haber oído por parte de
lady Susan que podría haber logrado que contradiga los recientes y es-
candalosos reportes. Su respuesta llegó esta mañana, te la he adjuntado
dado que creo que apreciarás verla. Desearía fuera más satisfactoria,
pero parece haber sido escrita con tal determinación de pensar bien de
lady Susan, que sus garantías en cuanto el matrimonio, no apaciguan
mi corazón. Digo, sin embargo, todo lo que puedo para satisfacer a tu
padre, y él está ciertamente menos ansioso desde que Reginald respondió a su carta. ¡Qué alboroto, mi querida Catherine, que esta indeseada
invitada no solo haya impedido nuestra reunión de Navidad, sino que
haya ocasionado tanto disgusto y conflicto!

Dale un beso a los niños de mi parte.

Tu madre que te quiere,

C. DE COURCY

Churchhill.

My dear Sir,—I have this moment received your letter, which has given me more astonishment than I ever felt before. I am to thank my sister, I suppose, for having represented me in such a light as to injure me in your opinion, and give you all this alarm. I know not why she should choose to make herself and her family uneasy by apprehending an event which no one but herself, I can affirm, would ever have thought possible. To impute such a design to Lady Susan would be taking from her every claim to that excellent understanding which her bitterest enemies have never denied her; and equally low must sink my pretensions to common sense if I am suspected of matrimonial views in my behaviour to her. Our difference of age must be an insuperable objection, and I entreat you, my dear father, to quiet your mind, and no longer harbour a suspicion which cannot be more injurious to your own peace than to our understandings. I can have no other view in remaining with Lady Susan, than to enjoy for a short time (as you have yourself expressed it) the conversation of a woman of high intellectual powers. If Mrs. Vernon would allow something to my affection for herself and her husband in the length of my visit, she would do more justice to us all; but my sister is unhappily prejudiced beyond the hope of conviction against Lady Susan. From an attachment to her husband, which in itself does honour to both, she cannot forgive the endeavours at preventing their union, which have been attributed to selfishness in Lady Susan; but in this case, as well as in many others, the world has most grossly injured that lady, by supposing the worst where the motives of her conduct have been doubtful. Lady Susan had heard something so materially to the disadvantage of my sister as to persuade her that the happiness of Mr. Vernon, to whom she was always much attached, would be wholly destroyed by the marriage. And this circumstance, while it explains the true motives of Lady Susan's conduct, and removes all the blame which has been so lavished on her, may also convince us how little the general report of anyone ought to be credited; since no character, however upright, can escape the malevolence of slander. If my sister, in the security of retirement, with as little opportunity as inclination to do evil, could not avoid censure, we must not rashly condemn those who, living in the world and surrounded with temp-

Churchhill.

Mi querido *sir:*

He recibido en este momento su carta, que me ha impactado más de lo que jamás he estado antes. Debo agradecer a mi hermana, supongo, por haberme representado de tal manera como para afectar su opinión sobre mí, y causarle tanta alarma. No comprendo por qué ella decide preocuparse a sí misma y a nuestra familia por un evento que, le aseguro, nadie más que ella misma concebiría posible. Imputar esa intención a lady Susan significaría negarle una gran perspicacia que ni siquiera sus más acérrimos enemigos le han negado, e igual de bajo debería de entenderse mi sentido común si solo por mi comportamiento para con ella se sospechan intenciones de proponerle matrimonio. Nuestra diferencia de edad es una objeción insuperable, y recomiendo, mi querido padre, calme su mente y deje de albergar sospechas que no harán más que dañar su paz mental. No veo otro motivo para estar al lado de lady Susan que disfrutar de un corto periodo de tiempo (como bien ha dicho) con una mujer de gran intelecto. Si la señora Vernon admitiera un poco del afecto que les he dispensado a ella y a su marido durante la longitud de mi estadía, nos haría algo más de justicia a todos. Pero mi hermana está irremediablemente influenciada en contra de lady Susan. Por apego a su esposo, que en sí mismo honra a ambas, no puede obviar las intenciones de lady Susan de prevenir su matrimonio, que han sido atribuidas a un acto de egoísmo. Pero en este caso, así como en tantos otros, el mundo ha injuriado vilmente a aquella señora, suponiendo lo peor en cuanto hubo dudas de sus motivos. Lady Susan había escuchado algo tan materialmente inconveniente en cuanto a mi hermana, que se persuadió de que la felicidad del señor Vernon, de quien ella ha sido siempre tan cercana, sería completamente destruida a través del matrimonio. Esta circunstancia, mientras explica los motivos reales de la conducta de lady Susan, y elimina toda la culpabilidad que se le ha atribuido, también demuestra el poco crédito que se le debe dar al reporte general de quien sea, ya que ningún carácter, no importa qué tan justo sea, puede escapar de la malevolencia de las calumnias. Si mi hermana, en la seguridad de su retiro, con tan poca exposición a la maldad, no pudo evitar la censura, debemos evitar condenar tan apresuradamente a quienes, viviendo en un mundo rodeado de tentaciones, son acusados

tations, should be accused of errors which they are known to have the power of committing.

I blame myself severely for having so easily believed the slanderous tales invented by Charles Smith to the prejudice of Lady Susan, as I am now convinced how greatly they have traduced her. As to Mrs. Mainwaring's jealousy it was totally his own invention, and his account of her attaching Miss Mainwaring's lover was scarcely better founded. Sir James Martin had been drawn in by that young lady to pay her some attention; and as he is a man of fortune, it was easy to see *her* views extended to marriage. It is well known that Miss M. is absolutely on the catch for a husband, and no one therefore can pity her for losing, by the superior attractions of another woman, the chance of being able to make a worthy man completely wretched. Lady Susan was far from intending such a conquest, and on finding how warmly Miss Mainwaring resented her lover's defection, determined, in spite of Mr. and Mrs. Mainwaring's most urgent entreaties, to leave the family. I have reason to imagine she did receive serious proposals from Sir James, but her removing from Langford immediately on the discovery of his attachment, must acquit her on that article with any mind of common candour. You will, I am sure, my dear Sir, feel the truth of this, and will hereby learn to do justice to the character of a very injured woman. I know that Lady Susan in coming to Churchhill was governed only by the most honourable and amiable intentions; her prudence and economy are exemplary, her regard for Mr. Vernon equal even to *his* deserts; and her wish of obtaining my sister's good opinion merits a better return than it has received. As a mother she is unexceptionable; her solid affection for her child is shown by placing her in hands where her education will be properly attended to; but because she has not the blind and weak partiality of most mothers, she is accused of wanting maternal tenderness. Every person of sense, however, will know how to value and commend her well-directed affection, and will join me in wishing that Frederica Vernon may prove more worthy than she has yet done of her mother's tender care. I have now, my dear father, written my real sentiments of Lady Susan; you will know from this letter how highly I admire her abilities, and esteem her character; but if you are not equally convinced by my full and solemn assurance that your fears have been most idly created, you will deeply mortify and distress me.

del mal que se sabe tienen el poder de cometer.

Me culpo a mí mismo por haber confiado tan crédulamente en los ponzoñosos cuentos inventados por Charles Smith para perjudicar a lady Susan, pues estoy ahora convencido de lo mucho que la han deshonrado. En lo que respecta a los celos del señor Mainwairing, se debió totalmente a su propia invención, y el relato de haberle quitado su amante a la señorita Mainwaring tiene aún menos fundamento. Sir James Martin había sido incitado por esa joven a prestarle algo de su atención, y dado que él es un hombre rico, era claro ver que las intenciones *de ella* se extendían hasta el matrimonio. Es de público conocimiento que la señorita M. se encuentra en la ardua cacería de un marido, y nadie puede entonces compadecerla por perder, contra el atractivo superior de otra mujer, la oportunidad de hacer de un hombre digno, un miserable. Lady Susan no tenía intenciones de perseguir esa conquista y, al enterarse de lo mucho que resentía la señorita Mainwairing el desinterés de su amante, determinó, a pesar de los ruegos del señor y la señora Mainwaring, abandonar la familia. Tengo motivos para creer que recibió una propuesta seria por parte de sir James, pero su retiro inmediato de Langford al momento de enterarse de su apego, hace que cualquiera con sentido común tenga que absolverla de cualquier acusación. Verá usted seguramente, mi querido *sir*, la verdad de todo esto y hará un mejor juicio del carácter de esta mujer tan herida. Sé que al acudir a Churchhill, lady Susan estaba gobernada solo por las más amigables y honorables intenciones. Su prudencia y discreción son ejemplares, su consideración para con el señor Vernon igualan incluso las que *él* mismo merecería, y su deseo de obtener una opinión favorable de mi hermana merece ser correspondido mejor de lo que ha sido hasta el momento. Como madre, ella es irreprochable, su gran afecto por su hija es demostrado dejándola en manos de quien se hará cargo de la misma adecuadamente; pero, al no tener la ciega y débil parcialidad de la mayoría de las madres, se la acusa de falta de amor maternal. Cualquier persona sensata, sin embargo, sabría valorar y elogiar su bien dirigido afecto, y deseará tanto como yo que Frederica Vernon demuestre ser incluso más digna que lo que ha demostrado hasta el momento bajo el tierno cuidado de su madre. He escrito entonces, mi querido padre, mis sentimientos reales sobre lady Susan. Sabrá lo mucho que estimo su carácter y admiro sus habilidades; pero si no se encuentra aún convencido por mi completa y formal garantía de que sus miedos han sido

I am, &c., &c.,

R. DE COURCY

ociosamente infundados, me sentiré mortificado y angustiado.

Cordialmente,

R. DE COURCY

Churchhill

My dear Mother,—I return you Reginald's letter, and rejoice with all my heart that my father is made easy by it: tell him so, with my congratulations; but, between ourselves, I must own it has only convinced *me* of my brother's having no *present* intention of marrying Lady Susan, not that he is in no danger of doing so three months hence. He gives a very plausible account of her behaviour at Langford; I wish it may be true, but his intelligence must come from herself, and I am less disposed to believe it than to lament the degree of intimacy subsisting between them, implied by the discussion of such a subject. I am sorry to have incurred his displeasure, but can expect nothing better while he is so very eager in Lady Susan's justification. He is very severe against me indeed, and yet I hope I have not been hasty in my judgment of her. Poor woman! though I have reasons enough for my dislike, I cannot help pitying her at present, as she is in real distress, and with too much cause. She had this morning a letter from the lady with whom she has placed her daughter, to request that Miss Vernon might be immediately removed, as she had been detected in an attempt to run away. Why, or whither she intended to go, does not appear; but, as her situation seems to have been unexceptionable, it is a sad thing, and of course highly distressing to Lady Susan. Frederica must be as much as sixteen, and ought to know better; but from what her mother insinuates, I am afraid she is a perverse girl. She has been sadly neglected, however, and her mother ought to remember it. Mr. Vernon set off for London as soon as she had determined what should be done. He is, if possible, to prevail on Miss Summers to let Frederica continue with her; and if he cannot succeed, to bring her to Churchhill for the present, till some other situation can be found for her. Her ladyship is comforting herself meanwhile by strolling along the shrubbery with Reginald, calling forth all his tender feelings, I suppose, on this distressing occasion. She has been talking a great deal about it to me. She talks vastly well; I am afraid of being ungenerous, or I should say, *too* well to feel so very deeply; but I will not look for her faults; she may be Reginald's wife! Heaven forbid it! but why should I be quicker-sighted than anyone else? Mr. Vernon declares that he never saw deeper distress than hers, on the receipt of the letter; and is his judgment inferior to mine? She was very unwilling

Churchhill.

Mi querida madre:

Te devuelvo la carta de Reginald, y me alegra de todo corazón saber que mi padre ha encontrado la calma con ella, infórmale de esto y envíale mis felicitaciones. Pero, entre nosotras, debo admitir que solo me ha convencido de que, *por ahora,* mi hermano no posee intenciones de casarse con lady Susan, y no de que no haya peligro de que las tenga dentro de tres meses. Ofrece un relato muy verosímil de su comportamiento en Longford. Espero sea verdad, pero la información detrás de eso debe venir de ella, y estoy menos inclinada a creerlo, que a lamentar el grado de intimidad que subsiste entre ellos, implicado por la discusión de dicho asunto. Lamento haberle disgustado a él, pero no puedo esperar nada mejor mientras insista en justificarla con tanto entusiasmo. Él habla muy severamente de mí, en efecto, y sin embargo espero no haber sido muy apresurada en mi juicio hacia ella. ¡Pobre mujer! Aunque tengo razones suficientes para mi desagrado, no puedo evitar compadecerla en estos momentos, pues está verdaderamente afligida, y con justa razón. Ella recibió esta mañana una carta de la dama con la que inscribió a su hija, donde le solicita que la retire inmediatamente, pues ha sido atrapada intentando escapar. El por qué o dónde pretendía dirigirse, no aparece en la carta, pero su situación parece haber sido inexcusable; es algo triste y, claramente, angustioso para lady Susan. Frederica debe tener ya unos dieciséis años, y ya debería ser más responsable, pero por lo que insinúa su madre, temo que sea una muchacha perversa. Ella ha sido, sin embargo, tristemente descuidada, y su madre debe recordarlo. El señor Vernon partió hacia Londres tan pronto como ella decidió qué debería hacerse. El deberá, si es posible, insistir para que la señorita Summer permita quedarse a Frederica y, de no ser posible, traerla a Churchhill por el momento, hasta poder encontrar otra solución. Su señoría se consuela paseando por la arboleda con Reginald, poniendo a flor de piel todos sus sentimientos, supongo, para afrontar esta angustiosa situación. Me ha estado hablando mucho sobre el asunto. Se expresa muy bien y, temo ser poco generosa si digo que *demasiado* bien como para lamentarlo tan profundamente. Pero no le buscaré defectos. ¡Podría ser la esposa de Reginald! ¡Dios no lo permita! Pero ¿por qué sería yo más perspicaz que el resto? El señor Vernon no

that Frederica should be allowed to come to Churchhill, and justly enough, as it seems a sort of reward to behaviour deserving very differently; but it was impossible to take her anywhere else, and she is not to remain here long. "It will be absolutely necessary," said she, "as you, my dear sister, must be sensible, to treat my daughter with some severity while she is here; a most painful necessity, but I will *endeavour* to submit to it. I am afraid I have often been too indulgent, but my poor Frederica's temper could never bear opposition well: you must support and encourage me; you must urge the necessity of reproof if you see me too lenient." All this sounds very reasonable. Reginald is so incensed against the poor silly girl! Surely it is not to Lady Susan's credit that he should be so bitter against her daughter; his idea of her must be drawn from the mother's description. Well, whatever may be his fate, we have the comfort of knowing that we have done our utmost to save him. We must commit the event to a higher power.

Yours ever, &c.,

CATHERINE VERNON

recuerda nunca haber visto tanta angustia como la de ella al momento de recibir la carta. ¿Es acaso su juicio inferior al mío? Parecía renegar de que Frederica venga a Churchhill, y con justa razón, ya que sería más algún tipo de recompensa ante un comportamiento que merece precisamente lo contrario, pero sería imposible llevarla a cualquier otro lado, y su estadía no debería de ser larga.

—Será absolutamente necesario —dijo ella—, pues tú, mi querida hermana, tendrás que tratar a mi hija con algo de severidad mientras esté ella aquí. Una muy dolorosa necesidad, pero me *esforzaré* por atacarla. Me temo que he sido muy indulgente con ella, pero el temperamento de mi pobre Frederica nunca pudo soportar bien la oposición. Debes apoyarme y animarme, debes corregir mi comportamiento si me ves ser condescendiente.

Todo esto suena muy razonable. ¡Reginald está tan irritado con la pobre y tonta niña! Seguramente no es obra de lady Susan que él esté tan amargado con su propia hija, la idea que él tiene de ella debe de acoplarse a la descripción de su madre. Bueno, cualquiera sea el destino, tenemos la tranquilidad de saber que hicimos todo lo posible por salvarlo. Deberemos encomendar el evento a un poder superior.

Cordialmente,

CATHERINE VERNON

XVI — *Lady Susan to Mrs. Johnson.*

Churchhill.

Never, my dearest Alicia, was I so provoked in my life as by a letter this morning from Miss Summers. That horrid girl of mine has been trying to run away. I had not a notion of her being such a little devil before, she seemed to have all the Vernon milkiness; but on receiving the letter in which I declared my intention about Sir James, she actually attempted to elope; at least, I cannot otherwise account for her doing it. She meant, I suppose, to go to the Clarkes in Staffordshire, for she has no other acquaintances. But she shall be punished, she shall have him. I have sent Charles to town to make matters up if he can, for I do not by any means want her here. If Miss Summers will not keep her, you must find me out another school, unless we can get her married immediately. Miss S. writes word that she could not get the young lady to assign any cause for her extraordinary conduct, which confirms me in my own previous explanation of it. Frederica is too shy, I think, and too much in awe of me to tell tales, but if the mildness of her uncle should get anything out of her, I am not afraid. I trust I shall be able to make my story as good as hers. If I am vain of anything, it is of my eloquence. Consideration and esteem as surely follow command of language as admiration waits on beauty, and here I have opportunity enough for the exercise of my talent, as the chief of my time is spent in conversation.

Reginald is never easy unless we are by ourselves, and when the weather is tolerable, we pace the shrubbery for hours together. I like him on the whole very well; he is clever and has a good deal to say, but he is sometimes impertinent and troublesome. There is a sort of ridiculous delicacy about him which requires the fullest explanation of whatever he may have heard to my disadvantage, and is never satisfied till he thinks he has ascertained the beginning and end of everything. This is one sort of love, but I confess it does not particularly recommend itself to me. I infinitely prefer the tender and liberal spirit of Mainwaring, which, impressed with the deepest conviction of my merit, is satisfied that whatever I do must be right; and look with a degree of contempt on the inquisitive and doubtful fancies of that heart which seems always debating on the reasonableness of

Churchhill.

Nunca en mi vida, mi querida Alicia, me sentí tan alterada por una carta como la de la señorita Summer de esta mañana. Esa horrible hija mía ha estado intentando escapar. No tengo noción de que se haya comportado tan endiabladamente en situaciones anteriores, parecía tener todo el carácter de los Vernon; pero, al recibir mi carta en la que yo le comunicaba mi intención acerca de sir James, intentó fugarse. Al menos, no puedo de otra manera justificar lo que hizo. Querría, supongo, ir a la casa de los Clarke en Staffordshire, puesto que no tiene otros amigos. Pero será castigada, los casaré. He enviado a Charles a la ciudad a enmendar el asunto si es que puede, pero bajo ningún punto de vista la quiero aquí conmigo. Si la señorita Summers no la acepta de vuelta, tú deberás encontrarle otra escuela, a menos que podamos casarla de inmediato. La señorita Summers escribió diciendo que no logró que la jovencita le dé un motivo para su extraordinaria conducta, lo que confirma mi explicación anterior. Frederica es demasiado tímida, creo, y me teme demasiado como para contar mentiras. Pero en caso de que la dulzura de su tío le haga revelar algo, no me asusta. Confío en que podré contar una historia tan convincente como la suya. Si de algo soy vanidosa, es de mi elocuencia. La consideración y la seguridad siguen el comando del lenguaje, así como la admiración sigue el de la belleza, y ahora tengo la oportunidad de ejercer mi talento, puesto que paso conversando la mayoría de mi tiempo.

Reginald nunca es dócil a menos que estemos solos, y si el clima es tolerable, paseamos juntos por la arboleda durante horas. Me gusta mucho en todos los aspectos, es inteligente y tiene muchos temas de conversación, aunque a veces es impertinente y problemático. Hay algún tipo de delicia ridícula en él que requiere una explicación completa sobre lo que sea que haya escuchado en mi contra, y nunca está satisfecho a menos que haya comprobado todo lo que le digo de principio a fin. Esto se puede considerar una demostración de amor, pero debo confesar que no es de las que prefiero. Prefiero infinitamente el tierno y liberal espíritu de Mainwaring que, impresionado de mis méritos con la mayor convicción, supone que todo lo que hago debe de ser correcto, y observa con cierto desprecio las fantasías inquisitivas y dubitativas de ese corazón que parece debatir siempre la razonabilidad de sus emo-

its emotions. Mainwaring is indeed, beyond all compare, superior to Reginald—superior in everything but the power of being with me! Poor fellow! he is much distracted by jealousy, which I am not sorry for, as I know no better support of love. He has been teazing me to allow of his coming into this country, and lodging somewhere near *incog.*; but I forbade everything of the kind. Those women are inexcusable who forget what is due to themselves, and the opinion of the world.

Yours ever,

S. VERNON

ciones. Mainwaring es, evidentemente, bajo todo punto de comparación, superior a Reginald... ¡superior en todo menos en la posibilidad de estar conmigo! ¡Pobre hombre! Está demasiado distraído por los celos, lo que no me apena, pues no conozco mejor forma de fomentar el amor. Me ha estado importunando para que le permita acercarse a la región y alojarse en algún lugar de incógnito, pero yo le he prohibido que haga nada de este estilo. No tienen justificación esas mujeres que olvidan qué se espera de ellas y no tienen en cuenta lo que el resto del mundo pueda pensar.

Cordialmente,

S. VERNON

Churchhill.

My dear Mother,—Mr. Vernon returned on Thursday night, bringing his niece with him. Lady Susan had received a line from him by that day's post, informing her that Miss Summers had absolutely refused to allow of Miss Vernon's continuance in her academy; we were therefore prepared for her arrival, and expected them impatiently the whole evening. They came while we were at tea, and I never saw any creature look so frightened as Frederica when she entered the room. Lady Susan, who had been shedding tears before, and showing great agitation at the idea of the meeting, received her with perfect self-command, and without betraying the least tenderness of spirit. She hardly spoke to her, and on Frederica's bursting into tears as soon as we were seated, took her out of the room, and did not return for some time. When she did, her eyes looked very red and she was as much agitated as before. We saw no more of her daughter. Poor Reginald was beyond measure concerned to see his fair friend in such distress, and watched her with so much tender solicitude, that I, who occasionally caught her observing his countenance with exultation, was quite out of patience. This pathetic representation lasted the whole evening, and so ostentatious and artful a display has entirely convinced me that she did in fact feel nothing. I am more angry with her than ever since I have seen her daughter; the poor girl looks so unhappy that my heart aches for her. Lady Susan is surely too severe, for Frederica does not seem to have the sort of temper to make severity necessary. She looks perfectly timid, dejected, and penitent. She is very pretty, though not so handsome as her mother, nor at all like her. Her complexion is delicate, but neither so fair nor so blooming as Lady Susan's, and she has quite the Vernon cast of countenance, the oval face and mild dark eyes, and there is peculiar sweetness in her look when she speaks either to her uncle or me, for as we behave kindly to her we have of course engaged her gratitude.

Her mother has insinuated that her temper is intractable, but I never saw a face less indicative of any evil disposition than hers; and from what I can see of the behaviour of each to the other, the invariable severity of Lady Susan and the silent dejection of Frederica, I am

Churchhill.

Mi querida madre:

El señor Vernon ha regresado la noche del jueves, trayendo a su sobrina consigo. Lady Susan ha recibido una breve carta suya en la que le informaba que la señorita Summers había rechazado enfáticamente su readmisión a la academia. Nos preparamos entonces para su llegada, y aguardamos impacientes el retorno de ambos. Llegaron mientras tomábamos el té, y debo decir que nunca he visto a una criatura tan asustada como cuando Frederica entró a la habitación. Lady Susan que hasta hacía un instante había estado derramando lágrimas y mostrando una gran inquietud, la recibió con dominio de sí misma, y sin dejarse traicionar por la ternura en su espíritu. Casi no le dirigió la palabra, y ante el llanto de Frederica en cuanto tomamos asiento, la llevó a su cuarto y no regresaron por un tiempo. Cuando lo hicieron, sus ojos se veían enrojecidos, y lucía tan nerviosa como antes. No vimos más a la muchacha. El pobre Reginald se hallaba desconsolado al ver a su querida amiga tan angustiada, y la acompañó con tanta ternura, que, ocasionalmente, pude verla observando su semblante con suma dicha. Estuve a punto de perder la paciencia. Esta patética representación continuó toda la tarde, y tal ostentosa y teatral exposición me convenció de que efectivamente, ella no sentía nada. Me encuentro más molesta que nunca con ella desde que he visto a su hija, la pobre muchacha luce tan triste que me parte el corazón. Lady Susan es decididamente demasiado severa con ella, puesto que Frederica no parece poseer el tipo de temperamento que requiere la severidad. Parece totalmente tímida, abatida y penitente. Es muy bella, si bien no lo es tanto como su madre, y no se parece a ella. Tiene una complexión delicada, aunque no tan radiante como la de lady Susan, y posee una buena cuota de los Vernon en su semblante —el rostro ovalado y los ojos apenas oscuros— y posee una cierta dulzura al hablar con su tío o conmigo. La hemos tratado amablemente y hemos notado su gratitud.

Su madre ha insinuado que su carácter es intratable, pero nunca he visto un rostro que muestre menos maldad que el de ella, y por lo que reparo cuando interactúan la una con la otra, la invariable severidad de lady Susan y el silencioso abatimiento de Frederica, me inclino a creer

led to believe as heretofore that the former has no real love for her daughter, and has never done her justice or treated her affectionately. I have not been able to have any conversation with my niece; she is shy, and I think I can see that some pains are taken to prevent her being much with me. Nothing satisfactory transpires as to her reason for running away. Her kind-hearted uncle, you may be sure, was too fearful of distressing her to ask many questions as they travelled. I wish it had been possible for me to fetch her instead of him. I think I should have discovered the truth in the course of a thirty-mile journey. The small pianoforte has been removed within these few days, at Lady Susan's request, into her dressing-room, and Frederica spends great part of the day there, practising as it is called; but I seldom hear any noise when I pass that way; what she does with herself there I do not know. There are plenty of books, but it is not every girl who has been running wild the first fifteen years of her life, that can or will read. Poor creature! the prospect from her window is not very instructive, for that room overlooks the lawn, you know, with the shrubbery on one side, where she may see her mother walking for an hour together in earnest conversation with Reginald. A girl of Frederica's age must be childish indeed, if such things do not strike her. Is it not inexcusable to give such an example to a daughter? Yet Reginald still thinks Lady Susan the best of mothers, and still condemns Frederica as a worthless girl! He is convinced that her attempt to run away proceeded from no justifiable cause, and had no provocation. I am sure I cannot say that it *had*, but while Miss Summers declares that Miss Vernon showed no signs of obstinacy or perverseness during her whole stay in Wigmore Street, till she was detected in this scheme, I cannot so readily credit what Lady Susan has made him, and wants to make me believe, that it was merely an impatience of restraint and a desire of escaping from the tuition of masters which brought on the plan of an elopement. O Reginald, how is your judgment enslaved! He scarcely dares even allow her to be handsome, and when I speak of her beauty, replies only that her eyes have no brilliancy! Sometimes he is sure she is deficient in understanding, and at others that her temper only is in fault. In short, when a person is always to deceive, it is impossible to be consistent. Lady Susan finds it necessary that Frederica should be to blame, and probably has sometimes judged it expedient to accuse her of ill-nature and sometimes to lament her want of sense. Reginald is only repeating after her ladyship.

que lady Susan no siente amor por ella, y nunca la ha tratado justamente ni con afecto. No he aún podido hablar con mi sobrina. Es tímida y creo ver que se están tomando molestias para prevenir que esté mucho en mi compañía. Nada deja ver la razón para su intento de fuga. Su bondadoso tío, puedes estar segura, temió incomodarla haciéndole muchas preguntas mientras viajaban. Opino que yo podría haber descubierto el motivo en ese trayecto de treinta millas. El pequeño pianoforte ha sido, por pedido de lady Susan, transferido a la habitación de Frederica, y ella pasa gran parte del día allí, «practicando», según dicen. Pero no he oído ni un sonido cuando paso por su puerta. Lo que ella hace allí, no lo sé. Hay muchos libros disponibles, pero pocas son las muchachas que hayan pasado los primeros quince años de su vida deambulando salvajemente que puedan o quieran leer. ¡Pobre criatura! El panorama desde su habitación no es muy instructivo, dado que su ventana da vista a esa parte del jardín, ya sabes, con los arbustos al costado, donde puede ver a su madre pasear con Reginald por horas envueltos en sus conversaciones. Una muchacha de la edad de Frederica debe de ser muy infantil para no ser influenciada por ese tipo de cosas. ¿No es inexcusable dar tal ejemplo a su hija? Y sin embargo Reginald aún cree que lady Susan es la mejor de las madres, ¡Y continúa condenando a Frederica como una niña inútil! Está convencido de que la fuga de la muchacha no tiene causa justificable, ni hubo nada que la provocara. Claro que yo no puedo asegurar tampoco que *sí* la hubiera; si bien la señorita Summers declara que la señorita Vernon no ha mostrado obscenidad ni perversión en toda su estadía en la calle Wigmore hasta haber sido descubierta efectuando su plan, no puedo dar crédito tan fácilmente a lo que lady Susan le ha hecho creer a él y quiere hacerme creer a mí: que todo ocurrió por una impaciencia para con la disciplina y un deseo de escapar de la tutela de sus maestros; que eso fue lo que la incentivó a escapar. ¡Oh, Reginald, qué nublado está tu juicio! ¡Ni siquiera admite que sea hermosa, y cada vez que hablo de su belleza, responde que no hay rastro de brillo en sus ojos! Hay veces que asegura que está falta de razonamiento, y otras que solo su temperamento está en falta. En síntesis, cuando una persona miente constantemente, le es imposible ser consistente. Lady Susan tiene la necesidad de hacer ver a Frederica siempre como la culpable, y probablemente ha visto conveniente acusarla algunas veces de maldad, y otras lamentar su falta de inteligencia. Todo lo que Reginald hace es repetir lo que dice su señoría.

I remain, &c., &c.,

CATHERINE VERNON

Atentamente,

CATHERINE VERNON.

Churchhill.

My dear Mother,—I am very glad to find that my description of Frederica Vernon has interested you, for I do believe her truly deserving of your regard; and when I have communicated a notion which has recently struck me, your kind impressions in her favour will, I am sure, be heightened. I cannot help fancying that she is growing partial to my brother. I so very often see her eyes fixed on his face with a remarkable expression of pensive admiration. He is certainly very handsome; and yet more, there is an openness in his manner that must be highly prepossessing, and I am sure she feels it so. Thoughtful and pensive in general, her countenance always brightens into a smile when Reginald says anything amusing; and, let the subject be ever so serious that he may be conversing on, I am much mistaken if a syllable of his uttering escapes her. I want to make him sensible of all this, for we know the power of gratitude on such a heart as his; and could Frederica's artless affection detach him from her mother, we might bless the day which brought her to Churchhill. I think, my dear mother, you would not disapprove of her as a daughter. She is extremely young, to be sure, has had a wretched education, and a dreadful example of levity in her mother; but yet I can pronounce her disposition to be excellent, and her natural abilities very good. Though totally without accomplishments, she is by no means so ignorant as one might expect to find her, being fond of books and spending the chief of her time in reading. Her mother leaves her more to herself than she did, and I have her with me as much as possible, and have taken great pains to overcome her timidity. We are very good friends, and though she never opens her lips before her mother, she talks enough when alone with me to make it clear that, if properly treated by Lady Susan, she would always appear to much greater advantage. There cannot be a more gentle, affectionate heart; or more obliging manners, when acting without restraint; and her little cousins are all very fond of her.

Your affectionate daughter,

C. VERNON

Churchhill.

Querida madre:

Me complace que mi descripción de Frederica haya llamado tu atención, pues considero que ella merece la misma, y cuando te haya comunicado una noción que recientemente he advertido, tus amables impresiones sobre ella seguramente incrementarán. No puedo evitar pensar que está tomándole cariño a mi hermano. Tan a menudo la veo fijar sus ojos en el rostro de Reginald con una distinguible expresión de meditabunda admiración. Él es ciertamente muy apuesto, y más aún, hay una cortesía en sus modales que puede resultar cautivante, y estoy segura de que ella así lo percibe. Generalmente pensativa y meditabunda, el semblante de ella se ilumina con una sonrisa siempre que Reginald dice algo ocurrente y, si el tema es tan serio como para incitar su conversación, estaría errada en decir que siquiera una sílaba de lo que él dice se le escapa. Quisiera hacerle saber a Reginald sobre esto, puesto que sabemos el poder que tiene la gratitud en un corazón como el suyo y si el honesto afecto de Frederica lograra desapegarlo de su madre, bendecido será el día que la trajimos hasta Churchhill. Creo, querida madre, que no la desaprobarías a ella como hija. Es extremadamente joven, claro está, ha tenido una educación pobre y un terrible ejemplo de liviandad por parte de su madre. Pero aún así, puedo decir que su predisposición es excelente, y sus cualidades naturales muy buenas. Si bien carece de logros personales, no es por asomo tan ignorante como una esperaría que sea, siendo ella una amante de los libros y pasando la mayoría de su tiempo leyendo. Su madre la deja sola más a menudo que antes; yo trato de tenerla a mi lado lo más posible, y me he esforzado para vencer su timidez. Somos ahora muy buenas amigas, y si bien ella nunca abre la boca ante su madre, habla lo suficiente al estar sola conmigo, lo que me deja claro que de ser tratada acordemente por lady Susan, relucirían más sus cualidades. No existe un corazón más gentil y afectuoso, o más complacientes modales, al poder actuar sin restricciones; y sus primitos le tienen mucho cariño.

Tu cariñosa hija,

C. VERNON

XIX — *Lady Susan to Mrs. Johnson.*

Churchhill.

You will be eager, I know, to hear something further of Frederica, and perhaps may think me negligent for not writing before. She arrived with her uncle last Thursday fortnight, when, of course, I lost no time in demanding the cause of her behaviour; and soon found myself to have been perfectly right in attributing it to my own letter. The prospect of it frightened her so thoroughly, that, with a mixture of true girlish perverseness and folly, she resolved on getting out of the house and proceeding directly by the stage to her friends, the Clarkes; and had really got as far as the length of two streets in her journey when she was fortunately missed, pursued, and overtaken. Such was the first distinguished exploit of Miss Frederica Vernon; and, if we consider that it was achieved at the tender age of sixteen, we shall have room for the most flattering prognostics of her future renown. I am excessively provoked, however, at the parade of propriety which prevented Miss Summers from keeping the girl; and it seems so extraordinary a piece of nicety, considering my daughter's family connections, that I can only suppose the lady to be governed by the fear of never getting her money. Be that as it may, however, Frederica is returned on my hands; and, having nothing else to employ her, is busy in pursuing the plan of romance begun at Langford. She is actually falling in love with Reginald De Courcy! To disobey her mother by refusing an unexceptionable offer is not enough; her affections must also be given without her mother's approbation. I never saw a girl of her age bid fairer to be the sport of mankind. Her feelings are tolerably acute, and she is so charmingly artless in their display as to afford the most reasonable hope of her being ridiculous, and despised by every man who sees her.

Artlessness will never do in love matters; and that girl is born a simpleton who has it either by nature or affectation. I am not yet certain that Reginald sees what she is about, nor is it of much consequence. She is now an object of indifference to him, and she would be one of contempt were he to understand her emotions. Her beauty is much admired by the Vernons, but it has no effect on him. She is

Churchhill.

Ansiarás, no me cabe duda, saber algo más sobre Frederica, y quizás me consideres negligente por no haber escrito antes. Llegó a lo de su tío el jueves de hace dos semanas cuando, por supuesto, no perdí el tiempo en demandar que me explique la causa de su comportamiento, y pronto descubrí que estuve acertada en todo lo escrito en mi anterior carta. La perspectiva de todo lo que se avecinaba la asustó tanto, que en una mezcla de verdadera e infantil perversidad, así como falta de cordura, resolvió salir de la casa y dirigirse directamente hacia donde sus amigos, los Clarke, y llegó solamente tan lejos como dos calles hasta que, afortunadamente, notaron su ausencia, la persiguieron y la alcanzaron. Tal fue la primera distinguida azaña de la señorita Frederica Vernon y, si tenemos en cuenta que fue realizada a la tierna edad de los dieciséis, puede que hallemos lugar para los más halagüeños pronósticos en su futuro renombre. Me encuentro, de todos modos, excesivamente irritada con el desfile de cordialidades que le ha permitido a la señorita Summers rechazar a la niña, y me parece de una sutileza extraordinaria, considerando las conexiones de la familia de mi hija; supongo que la señorita temerá que nunca se le entregue su dinero. Sea como sea, Frederica está a mi lado nuevamente y, a falta de algo más en lo que ocupar su tiempo, está nuevamente ocupada persiguiendo sus planes de romance que han comenzado en Langford. ¡Se está enamorando de Reginald De Courcy! Desobedecer a su madre rechazando una excepcional oferta parece no ser suficiente para ella, sino que sus afectos deben de tener lugar también sin la aprobación de su madre. Nunca he visto a una chica de su edad permitir tan generosamente que la humanidad juegue con ella. Sus sentimientos son tolerantemente intensos, y ella es tan encantadoramente honesta en su demostración de los mismos que es solo razonable pensar que cualquier hombre la ridicularizaría y despreciaría.

La inocencia nunca tiene lugar en asuntos amorosos, y esa muchacha ha nacido ingenua. Desconozco si ha nacido así o si lo ha conseguido por mérito propio. No estoy aún segura de si Reginald percibe sus intenciones, pero tampoco tendrá muchas consecuencias. A él le resulta indiferente en estos momentos, y le demostrará nada más que desprecio de averiguar sus sentimientos. Los Vernon admiran su belleza, pero eso no

in high favour with her aunt altogether, because she is so little like myself, of course. She is exactly the companion for Mrs. Vernon, who dearly loves to be firm, and to have all the sense and all the wit of the conversation to herself: Frederica will never eclipse her. When she first came I was at some pains to prevent her seeing much of her aunt; but I have relaxed, as I believe I may depend on her observing the rules I have laid down for their discourse. But do not imagine that with all this lenity I have for a moment given up my plan of her marriage. No; I am unalterably fixed on this point, though I have not yet quite decided on the manner of bringing it about. I should not chuse to have the business brought on here, and canvassed by the wise heads of Mr. and Mrs. Vernon; and I cannot just now afford to go to town. Miss Frederica must therefore wait a little.

Yours ever,

S. VERNON

tiene efecto en él. Es muy favorecida por su tía ya que, claramente, es tan diferente a mí. Es la compañía perfecta para la señora Vernon, que tanto adora ser la más ingeniosa y la más juiciosa en cualquier conversación. Frederica nunca la eclipsará. Cuando recién había llegado me tomaba molestias para prevenir que conozca mucho de su tía, pero me he relajado, puesto que creo que puedo confiar en que ella respete las reglas que he fijado para su relación. Aún así espero que no piense que tanta indulgencia me ha desviado de mi plan de casarla. No. Estoy inalterablemente decidida en ese punto, aunque aún no he encontrado la manera de llevarlo a cabo. No será buena idea hablar del asunto aquí, expuesta a los criterios de la señora y el señor Vernon, y en este momento tampoco puedo permitirme viajar a la ciudad. La señorita tendrá entonces que esperar.

Cordialmente,

S. VERNON

Churchhill.

We have a very unexpected guest with us at present, my dear Mother: he arrived yesterday. I heard a carriage at the door, as I was sitting with my children while they dined; and supposing I should be wanted, left the nursery soon afterwards, and was half-way downstairs, when Frederica, as pale as ashes, came running up, and rushed by me into her own room. I instantly followed, and asked her what was the matter. "Oh!" said she, "he is come—Sir James is come, and what shall I do?" This was no explanation; I begged her to tell me what she meant. At that moment we were interrupted by a knock at the door: it was Reginald, who came, by Lady Susan's direction, to call Frederica down. "It is Mr. De Courcy!" said she, colouring violently. "Mamma has sent for me; I must go." We all three went down together; and I saw my brother examining the terrified face of Frederica with surprize. In the breakfast-room we found Lady Susan, and a young man of gentlemanlike appearance, whom she introduced by the name of Sir James Martin—the very person, as you may remember, whom it was said she had been at pains to detach from Miss Mainwaring; but the conquest, it seems, was not designed for herself, or she has since transferred it to her daughter; for Sir James is now desperately in love with Frederica, and with full encouragement from mamma. The poor girl, however, I am sure, dislikes him; and though his person and address are very well, he appears, both to Mr. Vernon and me, a very weak young man. Frederica looked so shy, so confused, when we entered the room, that I felt for her exceedingly. Lady Susan behaved with great attention to her visitor; and yet I thought I could perceive that she had no particular pleasure in seeing him. Sir James talked a great deal, and made many civil excuses to me for the liberty he had taken in coming to Churchhill—mixing more frequent laughter with his discourse than the subject required—said many things over and over again, and told Lady Susan three times that he had seen Mrs. Johnson a few evenings before. He now and then addressed Frederica, but more frequently her mother. The poor girl sat all this time without opening her lips—her eyes cast down, and her colour varying every instant; while Reginald observed all that passed in perfect silence. At length Lady Susan, weary, I believe, of her situation, proposed walking; and we left the two gentlemen together, to put on

Churchhill.

Tenemos un inesperado invitado con nosotros en este momento, mi querida madre; ha llegado ayer. Escuché un carruaje en la puerta, mientras estaba sentada a la mesa, con mis hijos cenando, y supuse que estarían buscándome. Abandoné la guardería a la brevedad, y estaba bajando por la mitad de las escaleras, cuando Frederica, pálida como la ceniza, subió corriendo y pasó apresuradamente a mi lado hacia su cuarto. En seguida la seguí y le pregunté qué ocurría:

—¡Oh! —dijo—, él ha venido, sir James ha venido, ¿qué debo hacer?

Esto no representaba una explicación, le pedí encarecidamente que me dijera a qué se refería. En ese momento fuimos interrumpidas por un golpe en la puerta; era Reginald, que venía por dirección de lady Susan, pidiendo a Frederica que baje.

—¡Es el señor De Courcy! —dijo ella, enrojeciendo violentamente—. Mamá me ha mandado a buscar, debo ir.

Los tres bajamos las escaleras, y pude ver a mi hermano examinando el aterrorizado rostro de Frederica con sorpresa. En el salón de desayuno encontramos a lady Susan, y a un joven con aspecto refinado que se introdujo con el nombre de sir James Martin (la misma persona, recordarás, a la quien se decía que ella se había tomado la molestia de separar de la señorita Mainwaring). Pero la conquista, pareciera, no era para ella misma, sino que daba la impresión que la había transferido a su hija, dado que sir James estaba ahora desesperadamente enamorada de Frederica, con todo el consentimiento de su mamá. La pobre muchacha sin embargo, estoy segura, lo encuentra desagradable. Si bien su persona y trato son muy agradables, nos ha dado la impresión, a mí y al señor Vernon, de ser un joven muy débil. Frederica se veía tan apenada y confundida cuando entramos al cuarto, que me apené sobremanera por ella. Lady Susan fue muy atenta con su visitante, y aún así pude notar que no sentía regocijo alguno por verlo. Sir James conversó ampliamente, y me pidió reiteradas disculpas por tomarse la libertad de venir a Churchhill (se reía con demasiada frecuencia mientras ofrecía más excusas de lo que el tema requería); repitió muchas cosas una y otra vez,

our pelisses. As we went upstairs Lady Susan begged permission to attend me for a few moments in my dressing-room, as she was anxious to speak with me in private. I led her thither accordingly, and as soon as the door was closed, she said: "I was never more surprized in my life than by Sir James's arrival, and the suddenness of it requires some apology to you, my dear sister; though to *me*, as a mother, it is highly flattering. He is so extremely attached to my daughter that he could not exist longer without seeing her. Sir James is a young man of an amiable disposition and excellent character; a little too much of the rattle, perhaps, but a year or two will rectify *that:* and he is in other respects so very eligible a match for Frederica, that I have always observed his attachment with the greatest pleasure; and am persuaded that you and my brother will give the alliance your hearty approbation. I have never before mentioned the likelihood of its taking place to anyone, because I thought that whilst Frederica continued at school it had better not be known to exist; but now, as I am convinced that Frederica is too old ever to submit to school confinement, and have, therefore, begun to consider her union with Sir James as not very distant, I had intended within a few days to acquaint yourself and Mr. Vernon with the whole business. I am sure, my dear sister, you will excuse my remaining silent so long, and agree with me that such circumstances, while they continue from any cause in suspense, cannot be too cautiously concealed. When you have the happiness of bestowing your sweet little Catherine, some years hence, on a man who in connection and character is alike unexceptionable, you will know what I feel now; though, thank Heaven, you cannot have all my reasons for rejoicing in such an event. Catherine will be amply provided for, and not, like my Frederica, indebted to a fortunate establishment for the comforts of life." She concluded by demanding my congratulations. I gave them somewhat awkwardly, I believe; for, in fact, the sudden disclosure of so important a matter took from me the power of speaking with any clearness. She thanked me, however, most affectionately, for my kind concern in the welfare of herself and daughter; and then said: "I am not apt to deal in professions, my dear Mrs. Vernon, and I never had the convenient talent of affecting sensations foreign to my heart; and therefore I trust you will believe me when I declare, that much as I had heard in your praise before I knew you, I had no idea that I should ever love you as I now do; and I must further say that your friendship towards me is more particularly gratifying because I have reason to believe that some attempts

y le dijo tres veces a lady Susan que había visto a la señora Johnson hacía algunas tardes. Ocasionalmente se dirigía a Frederica, pero se dirigía más frecuentemente a lady Susan. La pobre muchacha permaneció todo este tiempo sentada y sin emitir palabra (sus ojos fijos en el suelo, variando el color de su rostro a cada instante) mientras Reginald observaba todo lo que ocurría en perfecto silencio. Dado un momento, lady Susan, cansada, creo, de la situación, propuso dar un paseo. Dejamos a los dos jóvenes juntos para ir a ponernos nuestros abrigos. Mientras subíamos las escaleras lady Susan me pidió permiso para ir a mi habitación, dado que ansiaba hablar algo conmigo en privado. La llevé a la misma, y apenas la puerta estuvo cerrada, me dijo:

—Nunca he estado tan sorprendida en mi vida como por la llegada de sir James, y lo repentino de ello requiere mis disculpas hacia ti, querida hermana. Sin embargo para mí como madre, es extremadamente halagador. Está tan apegado a mi hija, que ya no puede existir sin verla. Sir James es un joven de disposición amigable y excelente carácter, muy parlanchín quizás, pero con un año o dos eso se rectificará, y es en los demás aspectos tan gran candidato para Frederica, que siempre he observado su apego con gran placer. Estoy segura que tú y mi hermano darán a la unión su bendición. Nunca había mencionado la probabilidad de que esto ocurra a nadie, porque pensé que mientras Frederica continuara en la escuela lo mejor sería que nada se supiera. Pero ahora estoy convencida de que Frederica es demasiado mayor para ser sometida al confinamiento de una escuela y, por lo tanto, he empezado a considerar su unión con sir James como un hecho no tan distante. Tenía la intención de dar a conocer la situación completa a ti y al señor Vernon en un par de días. Me perdonarás seguramente, hermana mía, por mi tan extenso silencio, y estarás de acuerdo conmigo que antes tales circunstancias, mientras se mantenga en suspenso el desenlace, no se puede nunca ser lo suficientemente discreta. Cuando tengas la oportunidad de ceder a tu pequeña y dulce Catherine, dentro de algunos años, a un hombre cuya conexión y carácter sean igual de excepcionales, entenderás entonces lo que siento yo ahora. Aunque, gracias al cielo, no podrás compartir todas mis razones para regocijarte en tal evento. Catherine estará ampliamente provista de todo lo que precise, como no es el caso de mi Frederica, que depende de una unión favorable para gozar de buenas comodidades.

Ella concluyó esperando demandantemente mis felicitaciones, que le

were made to prejudice you against me. I only wish that they, whoever they are, to whom I am indebted for such kind intentions, could see the terms on which we now are together, and understand the real affection we feel for each other; but I will not detain you any longer. God bless you, for your goodness to me and my girl, and continue to you all your present happiness." What can one say of such a woman, my dear mother? Such earnestness, such solemnity of expression! and yet I cannot help suspecting the truth of everything she says. As for Reginald, I believe he does not know what to make of the matter. When Sir James came, he appeared all astonishment and perplexity; the folly of the young man and the confusion of Frederica entirely engrossed him; and though a little private discourse with Lady Susan has since had its effect, he is still hurt, I am sure, at her allowing of such a man's attentions to her daughter. Sir James invited himself with great composure to remain here a few days—hoped we would not think it odd, was aware of its being very impertinent, but he took the liberty of a relation; and concluded by wishing, with a laugh, that he might be really one very soon. Even Lady Susan seemed a little disconcerted by this forwardness; in her heart I am persuaded she sincerely wished him gone. But something must be done for this poor girl, if her feelings are such as both I and her uncle believe them to be. She must not be sacrificed to policy or ambition, and she must not be left to suffer from the dread of it. The girl whose heart can distinguish Reginald De Courcy, deserves, however he may slight her, a better fate than to be Sir James Martin's wife. As soon as I can get her alone, I will discover the real truth; but she seems to wish to avoid me. I hope this does not proceed from anything wrong, and that I shall not find out I have thought too well of her. Her behaviour to Sir James certainly speaks the greatest consciousness and embarrassment, but I see nothing in it more like encouragement. Adieu, my dear mother.

di de manera torpe, dado que la conversación tan inesperada sobre un motivo tan importante me quitó el poder de hablar con cualquier tipo de claridad. Me agradeció, de todas formas, muy afectuosamente, por mi interés en su bienestar así como el de su hija, y luego dijo:

—Carezco de habilidad para expresar afecto, mi querida señora Vernon, y nunca he poseído el talento de demostrar sentimientos ajenos a mi corazón. Y sin embargo no dudo que me creerás cuando digo que, más allá de todos los halagos que había escuchado en tu favor antes de conocerte, no tenía noción de que llegaría a amarte tanto como lo hago ahora. Incluso creo que tu amistad para conmigo es más gratificante, dado que tengo razones para creer que se han hecho esfuerzos anteriormente para ponerte en mi contra. Solo espero que a quienes, sea quienes sean, deba tan amables intenciones puedan ver los términos en los que nos relacionamos ahora, y entiendan el auténtico afecto que nos une. No te retendré por más tiempo. Dios te bendiga, por tu bondad hacia mí y hacia mi niña, y mantenga en ti toda tu actual dicha.

¿Qué puede una decir de una mujer tal, mi querida madre? ¡Con tanta seriedad, y solemnidad de expresión! Y sin embargo no puedo evitar dudar de la verdad en lo que dice. En cuanto a Regionald, creo que no sabe qué pensar sobre el asunto. Cuando sir James vino, mostró asombro y perplejidad. La conducta disparatada del hombre y la confusión de Frederica lo han dejado completamente absorto. Si bien una breve conversación privada con lady Susan ha disminuido el efecto, está aún herido, estoy segura, de que ella haya permitido las intenciones de ese hombre con su hija. Sir James se invitó a sí mismo a permanecer aquí algunos días. Dijo que esperaba que pensáramos que era inusual, aunque estuvo muy al tanto de su impertinencia; se tomó libertades como si fuese él ya un pariente, y concluyó, con una carcajada, que incluso quizás sea uno muy pronto. Hasta lady Susan parecía algo desconcertada por su obrar tan directo. Para mis adentros estoy inclinada a pensar que en realidad ella hubiera preferido que se fuera. Algo debe de poder hacerse por esta pobre muchacha, si sus sentimientos son tales como yo y el señor Vernon sospechamos. No podemos permitir que se la sacrifique por intereses u ambiciones, y no podemos permitir que sufra por temor a ello. Una muchacha cuyo corazón sabe apreciar a Reginald De Courcy, merece, más allá de cómo él la perciba un destino mejor que el de ser la esposa de sir James Martin. En cuanto pueda lograr que esté a solas conmigo, descubriré la real verdad. Pero parece intentar evitar-

Yours, &c.,

C. VERNON

me. Espero no sea por alguna causa negativa, y me termine enterando de que la había juzgado erróneamente. Su comportamiento para con sir James ciertamente demuestra una gran y consciente incomodidad, pero no veo nada en él que me indique intenciones de alentarlo como pretendiente.

Adieu, mi querida madre.

Cordialmente,

C. VERNON

Sir,—I hope you will excuse this liberty; I am forced upon it by the greatest distress, or I should be ashamed to trouble you. I am very miserable about Sir James Martin, and have no other way in the world of helping myself but by writing to you, for I am forbidden even speaking to my uncle and aunt on the subject; and this being the case, I am afraid my applying to you will appear no better than equivocation, and as if I attended to the letter and not the spirit of mamma's commands. But if you do not take my part and persuade her to break it off, I shall be half distracted, for I cannot bear him. No human being but *you* could have any chance of prevailing with her. If you will, therefore, have the unspeakably great kindness of taking my part with her, and persuading her to send Sir James away, I shall be more obliged to you than it is possible for me to express. I always disliked him from the first: it is not a sudden fancy, I assure you, sir; I always thought him silly and impertinent and disagreeable, and now he is grown worse than ever. I would rather work for my bread than marry him. I do not know how to apologize enough for this letter; I know it is taking so great a liberty. I am aware how dreadfully angry it will make mamma, but I remember the risk.

I am, Sir, your most humble servant,

F. S. V.

XXI — LA SEÑORITA VERNON AL SEÑOR DE COURCY

Señor:

Espero perdone el que me haya tomado esta libertad. Estoy forzada a ello dado una grandísima angustia, en caso contrario jamás osaría molestarle. Me aflige sobremanera la situación con sir James Martin, y carezco de otra manera de ser socorrida si no es escribiéndole a usted, puesto que tengo prohibido hablar con mi tía o tío sobre el asunto. Siendo este el caso, espero que esta solicitud a usted no sea sino tomada como una equivocación; como si hubiera cumplido al pie de la letra y no seguido la intención de los comandos de mamá. Pero si no se pone de mi lado y logra persuadirla de que abandone la idea, no lograré sentirme tranquila, pues no soporto a ese hombre. No existe otro humano capaz de convencerla que no sea *usted*. Si pudiera, entonces, tener la gran bondad de ponerse de mi lado ante ella, y pedirle a sir James que se retire, le estaré mucho más agradecida de lo que jamás podría expresarle en palabras. Él me ha desagradado desde el comienzo, no es un acontecimiento repentino. Le aseguro, señor, que siempre he pensado en él como alguien tonto, impertinente y desagradable, y ha madurado hasta ser peor que nunca. Preferiría trabajar para ganarme el pan antes que casarme con él. Me faltan palabras para disculparme por esta carta. Estoy al tanto de que representa tomarse una gran libertad, y lo terriblemente furiosa que pondría a mamá, pero estoy dispuesta a correr el riesgo.

Su humilde servidora,

F. S. V.

Churchhill.

This is insufferable! My dearest friend, I was never so enraged before, and must relieve myself by writing to you, who I know will enter into all my feelings. Who should come on Tuesday but Sir James Martin! Guess my astonishment, and vexation—for, as you well know, I never wished him to be seen at Churchhill. What a pity that you should not have known his intentions! Not content with coming, he actually invited himself to remain here a few days. I could have poisoned him! I made the best of it, however, and told my story with great success to Mrs. Vernon, who, whatever might be her real sentiments, said nothing in opposition to mine. I made a point also of Frederica's behaving civilly to Sir James, and gave her to understand that I was absolutely determined on her marrying him. She said something of her misery, but that was all. I have for some time been more particularly resolved on the match from seeing the rapid increase of her affection for Reginald, and from not feeling secure that a knowledge of such affection might not in the end awaken a return. Contemptible as a regard founded only on compassion must make them both in my eyes, I felt by no means assured that such might not be the consequence. It is true that Reginald had not in any degree grown cool towards me; but yet he has lately mentioned Frederica spontaneously and unnecessarily, and once said something in praise of her person. *He* was all astonishment at the appearance of my visitor, and at first observed Sir James with an attention which I was pleased to see not unmixed with jealousy; but unluckily it was impossible for me really to torment him, as Sir James, though extremely gallant to me, very soon made the whole party understand that his heart was devoted to my daughter. I had no great difficulty in convincing De Courcy, when we were alone, that I was perfectly justified, all things considered, in desiring the match; and the whole business seemed most comfortably arranged. They could none of them help perceiving that Sir James was no Solomon; but I had positively forbidden Frederica complaining to Charles Vernon or his wife, and they had therefore no pretence for interference; though my impertinent sister, I believe, wanted only opportunity for doing so. Everything, however, was going on calmly and quietly; and, though I counted the hours of Sir James's stay, my mind was entirely satisfied with the posture of affairs. Guess, then,

Churchhill.

¡Esto es inaudito! Mi querida amiga, nunca antes me he sentido tan enfurecida, y debo escribirte a ti, que sé comprenderás todos mis sentimientos, para aliviar mi ira. ¿Quién pudo venir el martes sino el mismo sir James Martin? Adivina mi sorpresa e irritación, pues ya sabes que nunca quise verlo aquí en Churchhill. ¡Qué lástima que no hayas sabido de sus intenciones! ¡No satisfecho solo con el hecho de haber venido, se invitó a sí mismo a permanecer aquí algunos días! ¡Podría haberlo envenenado de la rabia! Hice lo mejor que pude con la situación, de igual manera, y pude contar mi historia con gran éxito a la señora Vernon que, sean cuales sean sus verdaderos sentimientos, no dijo nada en oposición a mí. Fui clara a su vez con Frederica pidiéndole que actúe de manera civilizada con él, y le di a entender que estaba absolutamente determinada en casarlos. Dijo algo sobre su miseria, pero eso fue todo. He estado más determinada en concretar la unión luego de ver el rápido incremento de su afecto con Reginald, y por no estar segura de que ese afecto no termine siendo correspondido. A mis ojos, un apego fundado en la compasión me hace menospreciar a ambos, pero no tengo la seguridad de que no vaya a producirse este desenlace. Es cierto que Reginald no se ha distanciado ni un poco de mí, pero ha mencionado ya algunas veces a Frederica espontánea e innecesariamente; incluso dijo algo a favor de su persona en una ocasión. *Él* se vio completamente pasmado ante la aparición de mi visitante, y observó al principio a sir James de una manera que demostraba, para mi placer, no carecer de una mezcla de celos. Desafortunadamente fue imposible para mí poder atormentarlo, dado que, si bien se comportó muy galantemente conmigo, no tardó en anunciar a todo el mundo que su corazón era devoto de mi hija. No tuve dificultades mayores en convencer a De Courcy, cuando estábamos solos, que tenía justificación, dadas todas las consideraciones, en pretender la unión con mi hija, y el asunto entero fue cómodamente arreglado. Ninguno pudo evitar percibir que sir James no es ningún dotado, pero le prohibí terminantemente a Frederica que se queje con el señor Vernon o su esposa sobre el tema, y no han intentado desde entonces interferir en el mismo. Aunque mi impertinente hermana, creo, ha estado buscando la oportunidad de hacerlo. Todo, sin embargo, estaba transcurriendo tranquila y silenciosamente y, aunque estaba contando las horas para el fin de la estadía de sir James, estaba

what I must feel at the sudden disturbance of all my schemes; and that, too, from a quarter where I had least reason to expect it. Reginald came this morning into my dressing-room with a very unusual solemnity of countenance, and after some preface informed me in so many words that he wished to reason with me on the impropriety and unkindness of allowing Sir James Martin to address my daughter contrary to her inclinations. I was all amazement. When I found that he was not to be laughed out of his design, I calmly begged an explanation, and desired to know by what he was impelled, and by whom commissioned, to reprimand me. He then told me, mixing in his speech a few insolent compliments and ill-timed expressions of tenderness, to which I listened with perfect indifference, that my daughter had acquainted him with some circumstances concerning herself, Sir James, and me which had given him great uneasiness. In short, I found that she had in the first place actually written to him to request his interference, and that, on receiving her letter, he had conversed with her on the subject of it, in order to understand the particulars, and to assure himself of her real wishes. I have not a doubt but that the girl took this opportunity of making downright love to him. I am convinced of it by the manner in which he spoke of her. Much good may such love do him! I shall ever despise the man who can be gratified by the passion which he never wished to inspire, nor solicited the avowal of. I shall always detest them both. He can have no true regard for me, or he would not have listened to her; and *she*, with her little rebellious heart and indelicate feelings, to throw herself into the protection of a young man with whom she has scarcely ever exchanged two words before! I am equally confounded at *her* impudence and *his* credulity. How dared he believe what she told him in my disfavour! Ought he not to have felt assured that I must have unanswerable motives for all that I had done? Where was his reliance on my sense and goodness then? Where the resentment which true love would have dictated against the person defaming me—that person, too, a chit, a child, without talent or education, whom he had been always taught to despise? I was calm for some time; but the greatest degree of forbearance may be overcome, and I hope I was afterwards sufficiently keen. He endeavoured, long endeavoured, to soften my resentment; but that woman is a fool indeed who, while insulted by accusation, can be worked on by compliments. At length he left me, as deeply provoked as myself; and he showed his anger more. I was quite cool, but he gave way to the most violent indigna-

contenta con el estado de las cosas. Adivina entonces lo que sentí al enterarme que la persona de quien menos sospechaba estaba perturbando todos mis planes. Reginald entró esta mañana a mi habitación con semblante sereno y, luego de un prólogo, me dijo con más palabras de las necesarias que deseaba dialogar conmigo sobre lo impropio y hostil de permitir que sir James se dirija a mi hija contra su voluntad. Me sentí completamente estupefacta. Al notar que no había broma en sus palabras, le imploré calmadamente una explicación, y solicité saber qué motivos los incitaban, y quién le había comisionado reprenderme. Me dijo entonces, mezclando su discurso con algunos cumplidos insolentes y muestras de ternura fuera de lugar —que escuché con perfecta indiferencia— que mi hija había dado a conocer algunas circunstancias que la implicaban a ella misma, a sir James y a mí, que le habían causado gran incomodidad. Resumidamente, me enteré de que ella había resuelto escribirle para pedirle que interfiera, y que al recibir la carta él conversó con ella sobre el tema para estar al tanto de sus verdaderos deseos. No me cabe la menor duda de que la niña aprovechó la oportunidad para enamorarlo. Estoy convencida por la manera en la que él se refirió a ella. ¡Cuánto bien le haría a él un amor de esa índole! Despreciaré siempre a todo hombre que se sienta gratificado por la pasión que nunca pretendió ni solicitó en algún momento. Los detestaré entonces para siempre a ambos. No hay manera de que él sienta cariño por mí, caso contrario nunca la habría escuchado a ella. Y *ella,* con su corazón rebelde y sus sentimientos descuidados, ¡arrojarse a la protección de un hombre con el que apenas intercambió dos palabras! Estoy tan confundida por la imprudencia de *ella* como por la incredulidad de *él.* ¡Cómo se atrevió él a creer lo que ella dijo en contra de mi favor! ¿No debía él sentirse seguro de tengo motivos inequívocos para todo lo que haga? ¿Dónde se encontraba entonces su resiliencia hacia mi juicio y bondad? ¿Dónde se hallaba el resentimiento que el verdadero amor habría dictado hacia cualquier persona capaz de difamarme —siendo esa persona a su vez una cría, una niña sin talento ni educación, a quien se le había indicado despreciar—? Me mantuve en calma por algún tiempo, pero aun la paciencia más extrema acaba por ceder y espero haber sido lo bastante punzante. Él se esforzó largamente en ablandar mi resentimiento. Pero tonta es aquella mujer que, insultada por acusaciones, puede ser también recuperada con cumplidos. Finalmente, se fue, tan alterado como yo, habiendo mostrado, sin embargo, más enojo que yo. Me mostré calma, pero él dio rienda a la más agresiva indignación. Esto me hace pensar que, igual de rápido, se calmará la misma, mientras que en mi

tion; I may therefore expect it will the sooner subside, and perhaps his may be vanished for ever, while mine will be found still fresh and implacable. He is now shut up in his apartment, whither I heard him go on leaving mine. How unpleasant, one would think, must be his reflections! but some people's feelings are incomprehensible. I have not yet tranquillised myself enough to see Frederica. *She* shall not soon forget the occurrences of this day; she shall find that she has poured forth her tender tale of love in vain, and exposed herself for ever to the contempt of the whole world, and the severest resentment of her injured mother.

Your affectionate

S. VERNON

caso la encontrará fresca e implacable. Él se encuentra ahora encerrado en su habitación, donde lo escuché ir luego de haber abandonado la mía. ¡Qué desagradables, pienso, deben ser sus pensamientos en este momento! Pero los sentimientos de algunas personas son simplemente incomprensibles. No he podido aún tranquilizarme lo suficiente como para ver a Frederica. *Ella* no olvidará los acontecimientos que ocurrieron este día. Comprenderá que ha llevado a cabo su cuentito de amor en vano, y se ha expuesto a sí misma para siempre al desprecio de todo el mundo, así como al resentimiento más severo de su herida madre.

Con amor,

S. VERNON

Churchhill.

Let me congratulate you, my dearest Mother! The affair which has given us so much anxiety is drawing to a happy conclusion. Our prospect is most delightful, and since matters have now taken so favourable a turn, I am quite sorry that I ever imparted my apprehensions to you; for the pleasure of learning that the danger is over is perhaps dearly purchased by all that you have previously suffered. I am so much agitated by delight that I can scarcely hold a pen; but am determined to send you a few short lines by James, that you may have some explanation of what must so greatly astonish you, as that Reginald should be returning to Parklands. I was sitting about half an hour ago with Sir James in the breakfast parlour, when my brother called me out of the room. I instantly saw that something was the matter; his complexion was raised, and he spoke with great emotion; you know his eager manner, my dear mother, when his mind is interested. "Catherine," said he, "I am going home to-day; I am sorry to leave you, but I must go: it is a great while since I have seen my father and mother. I am going to send James forward with my hunters immediately; if you have any letter, therefore, he can take it. I shall not be at home myself till Wednesday or Thursday, as I shall go through London, where I have business; but before I leave you," he continued, speaking in a lower tone, and with still greater energy, "I must warn you of one thing—do not let Frederica Vernon be made unhappy by that Martin. He wants to marry her; her mother promotes the match, but she cannot endure the idea of it. Be assured that I speak from the fullest conviction of the truth of what I say; I know that Frederica is made wretched by Sir James's continuing here. She is a sweet girl, and deserves a better fate. Send him away immediately; he is only a fool: but what her mother can mean, Heaven only knows! Good bye," he added, shaking my hand with earnestness; "I do not know when you will see me again; but remember what I tell you of Frederica; you *must* make it your business to see justice done her. She is an amiable girl, and has a very superior mind to what we have given her credit for." He then left me, and ran upstairs. I would not try to stop him, for I knew what his feelings must be. The nature of mine, as I listened to him, I need not attempt to describe; for a minute or two I remained in the same spot, overpowered by wonder of a most agreeable sort

Churchhill.

¡Permíteme felicitarte, querida madre! El asunto que tanta ansiedad nos estaba causando, está alcanzando un final feliz. Nuestro pronóstico es de lo más favorable, y dado que los hechos han dado un giro tan favorable, lamento bastante el haber impartido mis aprehensiones hacia ti, puesto que el placer de saber que ya no hay peligro, palidece ante todo lo que has sufrido previamente. Estoy tan exaltadamente feliz que apenas puedo sostener la pluma, pero estoy a su vez determinada a enviarte una breve carta a través de James, y podrás luego saber qué será lo que te sorprenderá tan gratamente de boca de Reginald, quien regresará a Parklands. Estaba hace media hora sentada en el salón de desayuno con sir James, cuando mi hermano me llamó desde su habitación. Al instante me di cuenta de que algo estaba ocurriendo, su tez se veía animada, y hablaba con gran entusiasmo. Conoces el ánimo que le genera cuando algo interesa su mente.

—Catherine —me dijo—, me iré a casa hoy mismo; me apena dejarte pero debo partir. Ha pasado ya mucho tiempo desde que he visto a nuestros padres. Voy a enviar a James junto con mis cazadores hacia allá inmediatamente; si, por lo tanto, tienes alguna carta que enviar él puede hacerse cargo. No llegaré a casa hasta el miércoles o el jueves, pues tengo que pasar por Londres, donde tengo negocios que atender. Pero antes de marcharme —continuó, hablando ahora en un tono más bajo—, no permitas que Frederica Vernon sea desdichada por ese Martin. Él quiere casarse con ella, su madre lo aprueba, pero ella no puede soportar la idea de ello. Te aseguro que hablo con la convicción de lo verdadero en mis palabras. Puedes estar segura de que Frederica está muy afligida de que sir James esté aún aquí. Es una muchacha dulce y merece un mejor destino. Haz que se vaya inmediatamente. No es más que un tonto. Pero en cuanto a lo que su madre pretende... ¡solo Dios sabe! Hasta luego —añadió, apretando mi mano con seguridad—. No sé cuándo vuelva a verte , pero recuerda lo que digo sobre Frederica, *debes* asegurarte de que se le haga justicia. Es una muchacha amigable y tiene una mente muy superior de la que le habíamos dado crédito.

Luego de eso me dejó, y corrió escaleras arriba. No intenté detenerlo pues sabía cuáles debían ser sus sentimientos. En cuanto a la natu-

indeed; yet it required some consideration to be tranquilly happy. In about ten minutes after my return to the parlour Lady Susan entered the room. I concluded, of course, that she and Reginald had been quarrelling; and looked with anxious curiosity for a confirmation of my belief in her face. Mistress of deceit, however, she appeared perfectly unconcerned, and after chatting on indifferent subjects for a short time, said to me, "I find from Wilson that we are going to lose Mr. De Courcy—is it true that he leaves Churchhill this morning?" I replied that it was. "He told us nothing of all this last night," said she, laughing, "or even this morning at breakfast; but perhaps he did not know it himself. Young men are often hasty in their resolutions, and not more sudden in forming than unsteady in keeping them. I should not be surprised if he were to change his mind at last, and not go." She soon afterwards left the room. I trust, however, my dear mother, that we have no reason to fear an alteration of his present plan; things have gone too far. They must have quarrelled, and about Frederica, too. Her calmness astonishes me. What delight will be yours in seeing him again; in seeing him still worthy your esteem, still capable of forming your happiness! When I next write I shall be able to tell you that Sir James is gone, Lady Susan vanquished, and Frederica at peace. We have much to do, but it shall be done. I am all impatience to hear how this astonishing change was effected. I finish as I began, with the warmest congratulations.

Yours ever, &c.,

CATH. VERNON

raleza de los míos, mientras le escuchaba hablar, no necesito intentar describirlos. Durante uno o dos minutos me mantuve en mi lugar, inundada en la más absoluta maravilla, aunque me tomó un tiempo considerable poder llegar a estar tranquilamente feliz. Luego de diez minutos de haber vuelto yo al salón, lady Susan ingresó al mismo. Concluí, por supuesto, que ella y Reginald habrían estado discutiendo, y observé su rostro con ansiosa curiosidad en busca de algo que confirme mis sospechas. Sin embargo, maestra del engaño como es ella, se mostró perfectamente despreocupada, y luego de hablar brevemente de asuntos indiferentes, me dijo:

—Me entero por parte de Wilson que nos despediremos del señor De Courcy. ¿Es acaso cierto que se va de Churchhill esta mañana?.

Yo le respondí que así sería.

—No nos ha dicho nada sobre esto la noche anterior —dijo riendo—, o incluso en el desayuno de hoy, pero puede que ni él mismo lo supiese. Los hombres jóvenes muy a menudo son apresurados en sus decisiones, y se dan aún más prisa en arrepentirse de las mismas luego, que en haberlas tomado. No me sorprendería que cambiase de parecer al final, y no se fuera.

Inmediatamente se marchó de la sala. Confío de todas formas, mi querida madre, que no tenemos razones para temer una alteración en sus planes actuales. Las cosas han llegado muy lejos. Deben, no solo haber discutido, sino, además, sobre Frederica. La calma de la muchacha me asombra. ¡Qué regocijo sentirás al verlo nuevamente, y en verlo aún merecedor de tu estima, aún capaz de hacerte feliz! La próxima vez que escriba, podré decirte que sir James se ha ido, lady Susan habrá sido vencida, y Frederica estará en paz. Hay mucho por hacer, pero debe hacerse. Estoy tremendamente impaciente por saber cómo este sorprendente cambio se ha efectuado. Termino como he empezado, con mis más cálidas felicitaciones.

Cordialmente,

CATH. VERNON

Churchhill.

Little did I imagine, my dear Mother, when I sent off my last letter, that the delightful perturbation of spirits I was then in would undergo so speedy, so melancholy a reverse. I never can sufficiently regret that I wrote to you at all. Yet who could have foreseen what has happened? My dear mother, every hope which made me so happy only two hours ago has vanished. The quarrel between Lady Susan and Reginald is made up, and we are all as we were before. One point only is gained. Sir James Martin is dismissed. What are we now to look forward to? I am indeed disappointed; Reginald was all but gone, his horse was ordered and all but brought to the door; who would not have felt safe? For half an hour I was in momentary expectation of his departure. After I had sent off my letter to you, I went to Mr. Vernon, and sat with him in his room talking over the whole matter, and then determined to look for Frederica, whom I had not seen since breakfast. I met her on the stairs, and saw that she was crying. "My dear aunt," said she, "he is going—Mr. De Courcy is going, and it is all my fault. I am afraid you will be very angry with me, but indeed I had no idea it would end so." "My love," I replied, "do not think it necessary to apologize to me on that account. I shall feel myself under an obligation to anyone who is the means of sending my brother home, because," recollecting myself, "I know my father wants very much to see him. But what is it you have done to occasion all this?" She blushed deeply as she answered: "I was so unhappy about Sir James that I could not help—I have done something very wrong, I know; but you have not an idea of the misery I have been in: and mamma had ordered me never to speak to you or my uncle about it, and—" "You therefore spoke to my brother to engage his interference," said I, to save her the explanation. "No, but I wrote to him—I did indeed, I got up this morning before it was light, and was two hours about it; and when my letter was done I thought I never should have courage to give it. After breakfast however, as I was going to my room, I met him in the passage, and then, as I knew that everything must depend on that moment, I forced myself to give it. He was so good as to take it immediately. I dared not look at him, and ran away directly. I was in such a fright I could hardly breathe. My dear aunt, you do not know how miserable I have been." "Frederica" said I, "you ought to have

Churchhill.

Poco imaginaba, mi querida madre, cuando envié mi última carta, que la deleitante perturbación de espíritu que me inundaba en ese momento se revertiría tan rápida como melancólicamente. No podré jamás arrepentirme lo suficiente por haberte escrito en primer lugar. ¿Pero aun así, quién podría haber previsto lo que pasaría? Mi querida madre, toda la esperanza que tan felíz me había hecho se ha esfumado. Lady Susan y Reginald se han reconciliado de su discusión, y todo a vuelto a ser como antes. Un único punto se ha ganado: sir James Martin se ha ido. ¿Qué es de esperar ahora? Estoy ciertamente decepcionada. Reginald hizo todo para irse, ordenó su caballo, y lo trajo hasta la puerta incluso. ¿Cómo no sentirse segura? Esperé durante media hora el momento de su partida. Luego de enviar mi carta previa, fui con el señor Vernon, y me senté en su cuarto a hablar con él sobre el asunto completo, y luego me decidí a buscar a Frederica, a quien no había visto desde el desayuno. La encontré en las escaleras, donde se encontraba llorando.

—Mi querida tía —dijo—, se irá, el señor De Courcy se irá y todo es mi culpa. Temo que usted se enoje conmigo, pero verdaderamente no tenía idea de que terminaría así.

—Cariño —respondí—, no creas necesario disculparte conmigo por eso. Yo debería estar agradecida con quien sea que pretenda enviar a mi hermano a su casa porque... —me recompuse para seguir— sé que mi padre desea mucho verle. ¿Pero qué es lo que has hecho para causar todo esto?

Ella se sonrojó intensamente.

—Estaba tan disgustada por lo de sir James que no pude evitar... He hecho algo muy malo, lo sé. ¡Pero no tiene idea lo miserable que me sentía! Y mamá me había ordenado no hablar nunca con usted o con mi tío sobre ello... y entonces...

—Entonces hablaste con mi hermano para pedirle que interfiera —dije, para ahorrarle la explicación.

told me all your distresses. You would have found in me a friend always ready to assist you. Do you think that your uncle or I should not have espoused your cause as warmly as my brother?" "Indeed, I did not doubt your kindness," said she, colouring again, "but I thought Mr. De Courcy could do anything with my mother; but I was mistaken: they have had a dreadful quarrel about it, and he is going away. Mamma will never forgive me, and I shall be worse off than ever." "No, you shall not," I replied; "in such a point as this your mother's prohibition ought not to have prevented your speaking to me on the subject. She has no right to make you unhappy, and she shall *not* do it. Your applying, however, to Reginald can be productive only of good to all parties. I believe it is best as it is. Depend upon it that you shall not be made unhappy any longer." At that moment how great was my astonishment at seeing Reginald come out of Lady Susan's dressing-room. My heart misgave me instantly. His confusion at seeing me was very evident. Frederica immediately disappeared. "Are you going?" I said; "you will find Mr. Vernon in his own room." "No, Catherine," he replied, "I am not going. Will you let me speak to you a moment?" We went into my room. "I find," he continued, his confusion increasing as he spoke, "that I have been acting with my usual foolish impetuosity. I have entirely misunderstood Lady Susan, and was on the point of leaving the house under a false impression of her conduct. There has been some very great mistake; we have been all mistaken, I fancy. Frederica does not know her mother. Lady Susan means nothing but her good, but she will not make a friend of her. Lady Susan does not always know, therefore, what will make her daughter happy. Besides, I could have no right to interfere. Miss Vernon was mistaken in applying to me. In short, Catherine, everything has gone wrong, but it is now all happily settled. Lady Susan, I believe, wishes to speak to you about it, if you are at leisure." "Certainly," I replied, deeply sighing at the recital of so lame a story. I made no comments, however, for words would have been vain.

—No, pero lo que sí hice fue escribirle. Me levanté en la mañana antes del alba, y tardé dos horas en ordenar mis palabras, y cuando la carta estuvo escrita pensé que jamás tendría el coraje de entregársela. Luego del desayuno, sin embargo, lo encontré en el pasillo mientras iba hacia mi habitación, y entonces, sabiendo que dependería de ese único momento, me obligué a dársela. Fue tan bondadoso de tomarla enseguida. No me atreví ni siquiera a mirarlo, y corrí inmediatamente a mi habitación. Tuve tanto miedo que apenas podía respirar. Mi querida tía, ¡no sabe lo miserable que me he estado sintiendo!

—Frederica —contesté—, debiste haberme contado todos tus temores. Hubieras encontrado en mí siempre una amiga dispuesta a asistirte. ¿Piensas que tu tío o yo no hubiésemos apoyado tu causa tan cálidamente como mi hermano?

—No dudaba en absoluto de su amabilidad —dijo ella, sonrojándose nuevamente—, es solo que pensé que el señor De Courcy podría lograr cualquier cosa si se trataba de mi madre. Pero estaba equivocada. Han tenido una terrible discusión sobre el tema, y él se irá. Mamá jamás me perdonará y me encontraré ahora peor que nunca.

—No, no es así —respondí—, en tal caso la prohibición de tu madre no tendría que haberte impedido el que me hablases sobre el tema. Ella no tiene derecho a hacerte infeliz, y *no* lo hará. El que hayas acudido, de igual forma, a Reginald puede haber resultado beneficioso para todas las partes. Creo que ha sido lo mejor. Confía en que ya no serás infeliz por eso.

En ese momento, ¡qué grande fue mi sorpresa al ver a Reginald saliendo de la habitación de lady Susan! Mi corazón instantáneamente dio un vuelco. Su confusión por verme era muy evidente. Frederica desapareció casi inmediatamente.

—¿Te vas? —pregunté—, encontrarás al señor Vernon en su habitación.

—No, Catherine —respondió él—, no me iré. ¿Me permitirías hablar contigo un momento?

Entramos a mi habitación.

Reginald was glad to get away, and I went to Lady Susan, curious, indeed, to hear her account of it. "Did I not tell you," said she with a smile, "that your brother would not leave us after all?" "You did, indeed," replied I very gravely; "but I flattered myself you would be mistaken." "I should not have hazarded such an opinion," returned she, "if it had not at that moment occurred to me that his resolution of going might be occasioned by a conversation in which we had been this morning engaged, and which had ended very much to his dissatisfaction, from our not rightly understanding each other's meaning. This idea struck me at the moment, and I instantly determined that an accidental dispute, in which I might probably be as much to blame as himself, should not deprive you of your brother. If you remember, I left the room almost immediately. I was resolved to lose no time in clearing up those mistakes as far as I could. The case was this—Frederica had set herself violently against marrying Sir James." "And can your ladyship wonder that she should?" cried I with some warmth; "Frederica has an excellent understanding, and Sir James has none." "I am at least very far from regretting it, my dear sister," said she; "on the contrary, I am grateful for so favourable a sign of my daughter's sense. Sir James is certainly below par (his boyish manners make him appear worse); and had Frederica possessed the penetration and the abilities which I could have wished in my daughter, or had I even known her to possess as much as she does, I should not have been anxious for the match." "It is odd that you should alone be

—Me he dado cuenta —dijo—, que he estado actuando con mi usual y tonta impetuosidad. He malinterpretado a lady Susan por completo, y estuve a punto de dejar la casa bajo una impresión falsa de su conducta. Ha habido una equivocación muy grave. Todos nos hemos equivocado, en realidad. Frederica no conoce a su madre. Lady Susan no desea más que lo mejor para ella, pero ella no la acepta como amiga. Lady Susan no sabe entonces qué es lo que hará feliz a su hija. Aparte de eso, yo no tenía derecho a interferir. La señorita Vernon se ha equivocado en acudir a mí. En síntesis, Catherine, todo salió mal, pero ahora está felizmente resuelto. Lady Susan, creo, desea hablar contigo sobre el hecho, si es que dispones de tiempo ahora.

—Ciertamente —dije, suspirando profundamente ante tan patética historia. De igual manera, no hice comentario alguno, pues entendí que cualquier palabra sería en vano.

Reginald se veía aliviado de haberse excusado, y yo fui a lo de lady Susan, con curiosidad, claro está, por saber su perspectiva sobre el hecho.

—¿Acaso no te dije —dijo con una sonrisa—, que tu hermano no nos dejaría al fin y al cabo?

—Ciertamente lo hiciste —respondí—, pero me hubiese halagado que te equivocaras.

—No hubiera dicho tal cosa —me devolvió ella—, si no se me hubiese ocurrido en ese momento que su decisión de irse podía estar ocasionada por una conversación que habíamos tenido esta mañana, y que había terminado muy insatisfactoriamente para él, debido a no haber entendido correctamente a qué se refería cada uno. Cuando esto último se me ocurrió, enseguida determiné que una disputa accidental, en la que tanto él como yo solos somos igual de culpables, debería privarte de la compañía de tu hermano. Si recuerdas correctamente, abandoné el salón enseguida. Estaba dispuesta a no perder más tiempo y aclarar esos malentendidos lo más que pudiera. El caso era el siguiente: Frederica se rehusó violentamente a casarse con sir James.

—¿Y opinas que ella sí debería querer tal cosa? —me lamenté, con algo de enojo—. Frederica tiene una capacidad de raciocinio excelente, y sir

ignorant of your daughter's sense!" "Frederica never does justice to herself; her manners are shy and childish, and besides she is afraid of me. During her poor father's life she was a spoilt child; the severity which it has since been necessary for me to show has alienated her affection; neither has she any of that brilliancy of intellect, that genius or vigour of mind which will force itself forward." "Say rather that she has been unfortunate in her education!" "Heaven knows, my dearest Mrs. Vernon, how fully I am aware of that; but I would wish to forget every circumstance that might throw blame on the memory of one whose name is sacred with me." Here she pretended to cry; I was out of patience with her. "But what," said I, "was your ladyship going to tell me about your disagreement with my brother?" "It originated in an action of my daughter's, which equally marks her want of judgment and the unfortunate dread of me I have been mentioning—she wrote to Mr. De Courcy." "I know she did; you had forbidden her speaking to Mr. Vernon or to me on the cause of her distress; what could she do, therefore, but apply to my brother?" "Good God!" she exclaimed, "what an opinion you must have of me! Can you possibly suppose that I was aware of her unhappiness! that it was my object to make my own child miserable, and that I had forbidden her speaking to you on the subject from a fear of your interrupting the diabolical scheme? Do you think me destitute of every honest, every natural feeling? Am I capable of consigning *her* to everlasting misery whose welfare it is my first earthly duty to promote? The idea is horrible!" "What, then, was your intention when you insisted on her silence?" "Of what use, my dear sister, could be any application to you, however the affair might stand? Why should I subject you to entreaties which I refused to attend to myself? Neither for your sake nor for hers, nor for my own, could such a thing be desirable. When my own resolution was taken I could not wish for the interference, however friendly, of another person. I was mistaken, it is true, but I believed myself right." "But what was this mistake to which your ladyship so often alludes? from whence arose so astonishing a misconception of your daughter's feelings? Did you not know that she disliked Sir James?" "I knew that he was not absolutely the man she would have chosen, but I was persuaded that her objections to him did not arise from any perception of his deficiency. You must not question me, however, my dear sister, too minutely on this point," continued she, taking me affectionately by the hand; "I honestly own that there is something to conceal. Frederica makes me very unhappy! Her applying to Mr.

James carece de esta.

—Estoy muy lejos de lamentar esto, mi querida hermana —dijo ella—, de hecho, estoy agradecida de encontrar signos tan favorables de la sensatez de mi hija. Sir James ciertamente no está a la altura (sus modales infantiles le hacen parecer aún menos apto) y si Frederica poseyera la seriedad y las habilidades que desearía de cualquier hija mía, o si hubiese sabido que las poseía a tal nivel, no hubiese estado tan ansiosa ante tal unión.

—¡Pues me resulta extraño que tú seas la única que ignora sus habilidades!

—Frederica nunca hace justicia de sí misma, es demasiado tímida e infantil, y aparte de eso, me teme. Cuando vivía su pobre padre era una niña terriblemente mimada. La severidad que le he tenido que mostrar desde que él falleció ha alienado su afecto hacia mí. Carece tanto de brillante intelecto, como de genio o vigor de mente que podría propulsarla hacia delante.

—¡Cuanto da que hablar eso de la desafortunada educación que le han propiciado!

—Sabe Dios, mi queridísima señora Vernon, lo muy al tanto que estoy de ello. Pero preferiría olvidar toda circunstancia que arroje culpa sobre la memoria de alguien a quien considero sagrado... —Aquí ella fingió llorar. Ya había perdido la paciencia con ella.

—¿Pero qué es —pregunté—, lo que me ibas a decir sobre la discusión que tuviste con mi hermano?

—Fue originada por una acción de mi hija, que demuestra no solo su falta de juicio, sino también el gran desagrado hacía mí que te había mencionado: escribió al señor De Courcy.

—Sé que lo hizo. Tú le habías prohibido hablar conmigo o con el señor Vernon sobre la causa de su angustia. ¿Qué podría haber hecho ella entonces, sino acudir a mi hermano?

—¡Dios Santo! —exclamó ella—, ¡qué opinión debes de tener entonces

De Courcy hurt me particularly." "What is it you mean to infer," said I, "by this appearance of mystery? If you think your daughter at all attached to Reginald, her objecting to Sir James could not less deserve to be attended to than if the cause of her objecting had been a consciousness of his folly; and why should your ladyship, at any rate, quarrel with my brother for an interference which, you must know, it is not in his nature to refuse when urged in such a manner?"

"His disposition, you know, is warm, and he came to expostulate with me; his compassion all alive for this ill-used girl, this heroine

de mí! ¿¡Puedes acaso entonces suponer que yo estaba al tanto de su infelicidad!? ¿Que tenía el propósito de hacer a mi propia hija miserable, y por eso le prohibí hablar contigo del tema por temor a que interrumpieran mi diabólico plan? ¿Me crees destituida de cualquier honesto y natural sentimiento maternal? ¿De ser capaz de confinar a una eterna miseria a mi *hija,* a quien cuyo bienestar es mi primer deber terrenal promover? ¡Que idea horrible!

—¿Cuál fue entonces tu intención al insistir en su silencio?

—¿De qué utilidad, mi querida hermana, podría ser cualquier asistencia tuya, cualquiera sea el motivo del mismo? ¿Por qué debería someterte a peticiones que yo misma me negué a atender? Ni por tu bien, ni por el de Frederica, ni por el mío mismo, desearía yo tal cosa. Cuando mi decisión fue tomada, no deseé la interferencia, no importa cuán amigable sea, de ninguna persona. Estuve equivocada, es verdad, pero creí en ese momento estar haciendo lo correcto.

—¿Cuál es entonces el error al que aludes constantemente?¿De dónde surgió un desentendimiento de los sentimientos de tu hija tan terrible y atroz?¿No sabías acaso que no le agradaba sir James?

—Sabía que no era el tipo de hombre que ella hubiera elegido, pero estaba inclinada a pensar que sus objeciones no surgían de una percepción de sus deficiencias. No debes interrogarme querida hermana, muy minuciosamente en este punto —continuó ella, tomándome afectuosamente de la mano—. Honestamente, admito que hay algo que ocultar. ¡Frederica me hace muy desdichada! El hecho de que haya acudido al señor De Courcy particularmente.

—¿Qué es lo que insinúas —dije—, con esta apariencia misteriosa? Si sospechas que tu hija tiene algún apego a Reginald, sus objeciones a sir James no merecerían menos atención por tal razón que si la causa de sus objeciones hubiera sido la conciencia de la locura de él; y ¿por qué deberías en todo caso, pelearte con mi hermano por una interferencia que, debes saber, no está en su naturaleza rechazar cuando se le insta de esa manera?

—Su disposición, sabes, es cálida, y vino a mí a protestar. ¡Su compasión a flor de piel por esta afectada niña, por esta damisela en peligro!

in distress! We misunderstood each other: he believed me more to blame than I really was; I considered his interference less excusable than I now find it. I have a real regard for him, and was beyond expression mortified to find it, as I thought, so ill bestowed. We were both warm, and of course both to blame. His resolution of leaving Churchhill is consistent with his general eagerness. When I understood his intention, however, and at the same time began to think that we had been perhaps equally mistaken in each other's meaning, I resolved to have an explanation before it was too late. For any member of your family I must always feel a degree of affection, and I own it would have sensibly hurt me if my acquaintance with Mr. De Courcy had ended so gloomily. I have now only to say further, that as I am convinced of Frederica's having a reasonable dislike to Sir James, I shall instantly inform him that he must give up all hope of her. I reproach myself for having, even though innocently, made her unhappy on that score. She shall have all the retribution in my power to make; if she value her own happiness as much as I do, if she judge wisely, and command herself as she ought, she may now be easy. Excuse me, my dearest sister, for thus trespassing on your time, but I owe it to my own character; and after this explanation I trust I am in no danger of sinking in your opinion." I could have said, "Not much, indeed!" but I left her almost in silence. It was the greatest stretch of forbearance I could practise. I could not have stopped myself had I begun. Her assurance! her deceit! but I will not allow myself to dwell on them; they will strike you sufficiently. My heart sickens within me. As soon as I was tolerably composed I returned to the parlour. Sir James's carriage was at the door, and he, merry as usual, soon afterwards took his leave. How easily does her ladyship encourage or dismiss a lover! In spite of this release, Frederica still looks unhappy: still fearful, perhaps, of her mother's anger; and though dreading my brother's departure, jealous, it may be, of his staying. I see how closely she observes him and Lady Susan, poor girl! I have now no hope for her. There is not a chance of her affection being returned. He thinks very differently of her from what he used to do; he does her some justice, but his reconciliation with her mother precludes every dearer hope. Prepare, my dear mother, for the worst! The probability of their marrying is surely heightened! He is more securely hers than ever. When that wretched event takes place, Frederica must belong wholly to us. I am thankful that my last letter will precede this by so little, as every moment that you can be saved from feeling a joy which

Nos malentendimos el uno al otro. Él me creyó más culpable de lo que en realidad era, yo consideré su interferencia más inexcusable de lo que la encuentro ahora. Siento verdadero cariño por él, y me sentí mortificada al ver que me adjudicaba tan malas intenciones. Ambos nos sentimos alterados y, claramente, culpables también. Su decisión espontánea de dejar Churchhill se alinea con su disposición generalmente vehemente. De todas formas, cuando entendí sus intenciones, a la vez que cuando empecé a pensar que, quizás, ambos habíamos estado equivocados en cuanto a lo que el otro se refería, decidí dar una explicación antes de que sea tarde. Por todos los miembros de tu familia siento algún grado de afecto, y debo admitir que mucho me dolería si mi amistad con el señor De Courcy hubiera acabado de manera tan melancólica. Lo único que me resta decir es que, dado que estoy ahora convencida de que Frederica tiene un motivo razonable para rechazar a sir James, deberé informarle enseguida que abandone toda esperanza que albergue con ella. Me reprocho a mí misma por haberla hecho tan infeliz, si bien inocentemente. Le retribuiré tanto como mi poder me lo permita. Si ella valora su propia felicidad tanto como yo lo hago, teniendo un sabio juicio, y se comporta como debe, será ahora todo más sencillo. Discúlpame, mi queridísima hermana, por haber irrumpido en este momento, pero se lo debo a mi carácter, y luego de esta intervención podré sentirme tranquila de que tu buena opinión sobre mí no está en peligro de hundirse.

Podría haber dicho: «¡No mucho, de hecho!», pero la dejé, prácticamente en silencio. Fue el mejor acto de autodominio que pude practicar en el momento. No hubiese podido callarme una vez haya empezado a hablar. ¡La certeza! ¡El calibre de la mentira! Pero no permitiré que me afecten más. Sé lo mucho que te afectarán a ti. Mi corazón se marchita dentro mío. Apenas pude recuperar la compostura, volví a mi salón. El carruaje de sir James estaba en la puerta y él, tan alegre como siempre, se retiró a la brevedad. ¡Qué veloz que es la señora para recibir o despedir a los candidatos! Más allá de su partida, Frederica aún se ve infeliz. Aún temerosa, quizás, de la ira de su madre, y aunque teme por la partida de mi hermano, ahora siente celos también de que se quede. Veo como ella observa lo cercanos que son él y lady Susan ahora. ¡Pobre muchacha! No albergo esperanzas para ella ahora. No hay forma que su afecto sea devuelto. Él piensa ahora muy diferentemente de ella en relación a cuando recién había llegado; le da algo de mérito. Pero su reconciliación con su madre eclipsa toda posibilidad de una esperanza. ¡Prepárate, mi querida madre, para lo peor! ¡La probabilidad de que

leads only to disappointment is of consequence.

Yours ever, &c.,

CATHERINE VERNON

ellos dos estén juntos se ha elevado más que nunca! Él es más suyo ahora que nunca. Cuando el terrible evento se cumpla, Frederica deberá pertenecernos completamente. Agradezco que mi última carta preceda con tan poco tiempo a esta, pues todo momento que pueda ahorrarte de sentir cualquier tipo de alegría solo para llevarla luego a la más terrible decepción cuenta.

Cordialmente,

CATHERINE VERNON

XXV — *Lady Susan to Mrs. Johnson.*

Churchhill.

I call on you, dear Alicia, for congratulations: I am my own self, gay and triumphant! When I wrote to you the other day I was, in truth, in high irritation, and with ample cause. Nay, I know not whether I ought to be quite tranquil now, for I have had more trouble in restoring peace than I ever intended to submit to—a spirit, too, resulting from a fancied sense of superior integrity, which is peculiarly insolent! I shall not easily forgive him, I assure you. He was actually on the point of leaving Churchhill! I had scarcely concluded my last, when Wilson brought me word of it. I found, therefore, that something must be done; for I did not choose to leave my character at the mercy of a man whose passions are so violent and so revengeful. It would have been trifling with my reputation to allow of his departing with such an impression in my disfavour; in this light, condescension was necessary. I sent Wilson to say that I desired to speak with him before he went; he came immediately. The angry emotions which had marked every feature when we last parted were partially subdued. He seemed astonished at the summons, and looked as if half wishing and half fearing to be softened by what I might say. If my countenance expressed what I aimed at, it was composed and dignified; and yet, with a degree of pensiveness which might convince him that I was not quite happy. "I beg your pardon, sir, for the liberty I have taken in sending for you," said I; "but as I have just learnt your intention of leaving this place to-day, I feel it my duty to entreat that you will not on my account shorten your visit here even an hour. I am perfectly aware that after what has passed between us it would ill suit the feelings of either to remain longer in the same house: so very great, so total a change from the intimacy of friendship must render any future intercourse the severest punishment; and your resolution of quitting Churchhill is undoubtedly in unison with our situation, and with those lively feelings which I know you to possess. But, at the same time, it is not for me to suffer such a sacrifice as it must be to leave relations to whom you are so much attached, and are so dear. My remaining here cannot give that pleasure to Mr. and Mrs. Vernon which your society must; and my visit has already perhaps been too long. My removal, therefore, which must, at any rate, take place soon, may, with perfect convenience, be hastened; and I make it my par-

Churchhill.

Recurro a ti, querida Alicia, para oír tus felicitaciones. ¡Soy otra vez la misma de antes, feliz y victoriosa! Cuando te escribí estaba, ciertamente, extremadamente irritada, y por buenas razones. No sé aún si puedo disfrutar de esta calma, pues restaurar la paz me ha costado más de lo que me hubiese gustado. ¡Qué espíritu, encima de todo nacido de un sentido de superior integridad, tan insolente! No lo perdonaré fácilmente, te lo aseguro. ¡Él estuvo verdaderamente a punto de irse de Churchhill! Había apenas terminado mi última carta cuando Wilson me informó de ello. Concluí entonces que algo debía de hacerse, dado que no podía dejar mi carácter a la merced de un hombre tan violento y resentido. Significaría poner en juego mi reputación permitir que se fuera con una impresión tan desfavorable de mí. Teniendo esto en cuenta, era preciso ser condescendiente. Le ordené a Wilson que le haga saber que quería hablar con él antes de su partida. El vino inmediatamente. Las encolerizadas emociones que plasmaban su cara el último momento que lo había visto se hallaban ahora levemente apaciguadas. Parecía sorprendido por mi convocatoria, y lucía como si una parte de él quisiera que lo convenza con mis palabras, pero otra parte quisiera a su vez que no lograra esto último. Si mi semblante reflejó lo que yo pretendía, estaba compuesta y dignamente plantada, y a su vez, con una positividad que podría convencerlo de que no estaba del todo contenta.

—Le pido disculpas, señor, por el atrevimiento que me he tomado al mandarlo a llamar —dije—, pero se me ha informado de su decisión de abandonar este lugar hoy mismo, y siento mi deber rogarle que no acorte su visita siquiera una hora, si es que se debe a mí. Soy perfectamente consciente que luego de lo que ha pasado entre nosotros, no estaría en el interés de los sentimientos de ninguno de los dos permanecer juntos en esta casa ni un segundo más. Tan grande, tan absoluto cambio en la amistad de una relación tan íntima, haría de toda futura interacción el castigo más intenso, y su decisión de abandonar Chuchhill está sin duda alguna a la par de nuestra situación y de aquellos alterados pensamientos que sin duda debe de tener. Pero, a su vez, no puede ser igual de grande mi sufrimiento por su partida, como el que sufrirá usted por abandonar a aquellos con quienes tan cercana relación tiene, y tan queridos son para usted. Mi estadía aquí no les dará el mismo placer

ticular request that I may not in any way be instrumental in separating a family so affectionately attached to each other. Where I go is of no consequence to anyone; of very little to myself; but you are of importance to all your connections." Here I concluded, and I hope you will be satisfied with my speech. Its effect on Reginald justifies some portion of vanity, for it was no less favourable than instantaneous. Oh, how delightful it was to watch the variations of his countenance while I spoke! to see the struggle between returning tenderness and the remains of displeasure. There is something agreeable in feelings so easily worked on; not that I envy him their possession, nor would, for the world, have such myself; but they are very convenient when one wishes to influence the passions of another. And yet this Reginald, whom a very few words from me softened at once into the utmost submission, and rendered more tractable, more attached, more devoted than ever, would have left me in the first angry swelling of his proud heart without deigning to seek an explanation. Humbled as he now is, I cannot forgive him such an instance of pride, and am doubtful whether I ought not to punish him by dismissing him at once after this reconciliation, or by marrying and teazing him for ever. But these measures are each too violent to be adopted without some deliberation; at present my thoughts are fluctuating between various schemes. I have many things to compass: I must punish Frederica, and pretty severely too, for her application to Reginald; I must punish him for receiving it so favourably, and for the rest of his conduct. I must torment my sister-in-law for the insolent triumph of her look and manner since Sir James has been dismissed; for, in reconciling Reginald to me, I was not able to save that ill-fated young man; and I must make myself amends for the humiliation to which I have stooped within these few days. To effect all this I have various plans. I have also an idea of being soon in town; and whatever may be my determination as to the rest, I shall probably put *that* project in execution; for London will be always the fairest field of action, however my views may be directed; and at any rate I shall there be rewarded by your society, and a little dissipation, for a ten weeks' penance at Churchhill. I believe I owe it to my character to complete the match between my daughter and Sir James after having so long intended it. Let me know your opinion on this point. Flexibility of mind, a disposition easily biassed by others, is an attribute which you know I am not very desirous of obtaining; nor has Frederica any claim to the indulgence of her notions at the expense of her mother's inclinations.

que la suya al señor y la señora Vernon, y mi visita ya ha sido quizás muy extensa. Por lo tanto, mi partida, que, seguramente, sucedería en cualquier momento, podría, muy convenientemente, ser apremiada. Le pido particularmente que no me convierta en el instrumento que divida a esta familia tan amorosamente unida. Mi paradero no será de incumbencia para nadie, apenas lo es para mí misma. En su caso, usted es importante para todas sus conexiones.

Aquí, concluí mi discurso, y espero estés satisfecha con el mismo. Su efecto en Reginald justifica mi vanidad, dado que no fue menos favorable que instantáneo. ¡Oh, qué sublime fue ver las variaciones de emoción en su semblante mientras hablaba! Ver la disyuntiva entre cederme su cariño y los restos de disgusto que aún habitaban en él. Hay algo deleitante en influir tan fácilmente en los sentimientos ajenos. No es que envidie su posición y tampoco querría, admitidamente, por nada del mundo poseer tales sentimientos, pero son muy convenientes a la hora de cambiar el parecer de otro. Y aún así este Reginald, a quien tan solo unas palabras mías lo habían ablandado tanto, casi hasta la más plena sumisión, y lo habían vuelto más maleable, encantado y devoto que nunca, me hubiese abandonado ante el primer rasguño a su orgulloso corazón, sin siquiera dignarse a buscar una explicación. Humillado como lo está ahora, no puedo perdonarle tal despliegue de orgullo, y no me decido si debería castigarlo abandonándole justo luego de nuestra reconciliación, o casándome con él y recordándoselo para siempre. Pero ambas decisiones son demasiado agresivas como para tomarlas sin algo de deliberación. Por el momento mis pensamientos estan alternando entre ambos planes. Tengo muchas cosas aún por lograr: debo castigar a Frederica, y muy severamente, por haber recurrido a Reginald. Y debo castigarlo a él por haberla recibido tan favorablemente, así como por el resto de su conducta. Debo atormentar también a mi cuñada por su insolente mirada y actitud triunfante desde que sir James fue echado, pues, por el afán de que Reginald se reconcilie conmigo, no he sido capaz de salvar al desdichado muchacho, y debo cobrarme toda la humillación a la que se me ha sometido estos últimos días. Para efectuar todo esto, tengo varios planes. Tengo también la intención de ir pronto a la ciudad. Sean cuales sean mis determinaciones en cuanto al resto, seguramente pondré allí en marcha *ese* proyecto, porque Londres siempre será el campo de acción más justo, independientemente de cuál sea mi opinión al respecto. Allí me veré recompensada con tu compañía y un poco de distracción después de diez semanas de penitencia

Her idle love for Reginald, too! It is surely my duty to discourage such romantic nonsense. All things considered, therefore, it seems incumbent on me to take her to town and marry her immediately to Sir James. When my own will is effected contrary to his, I shall have some credit in being on good terms with Reginald, which at present, in fact, I have not; for though he is still in my power, I have given up the very article by which our quarrel was produced, and at best the honour of victory is doubtful. Send me your opinion on all these matters, my dear Alicia, and let me know whether you can get lodgings to suit me within a short distance of you.

Your most attached

S. VERNON

en Churchhill. Considero que le debo a mi carácter el concluir la unión entre mi hija y sir James, luego de haberlo intentado por tanto tiempo. Déjame saber tu opinión en cuanto a este punto. Flexibilidad de pensamiento, una disposición sesgada por la de otros, son atributos que sabes que no ansío obtener. Frederica no puede reclamar mi indulgencia a expensas de los deseos de su madre. ¡Así como su absurdo amor por Reginald! Es verdaderamente mi deber desalentar ese sinsentido amoroso. Teniendo todo esto en cuenta, será de mi incumbencia llevarla a la ciudad inmediatamente y casarla con sir James. Cuando mis propios deseos sean contrariados por los de él, lo mejor será estar en buenos términos con Reginald que, en este momento, francamente, no lo estoy, dado que si bien por el momento está bajo mi poder, he dejado de lado el tema que ha causado nuestro desacuerdo en un principio, y el honor de mi victoria está en la cuerda floja. Escríbeme con tus opiniones en cuanto a todos estos termas, mi querida Alicia, y hazme saber si puedes acordarme una estadía a una distancia corta de donde estás.

Con el mayor cariño,

S. VERNON

Edward Street.

I am gratified by your reference, and this is my advice: that you come to town yourself, without loss of time, but that you leave Frederica behind. It would surely be much more to the purpose to get yourself well established by marrying Mr. De Courcy, than to irritate him and the rest of his family by making her marry Sir James. You should think more of yourself and less of your daughter. She is not of a disposition to do you credit in the world, and seems precisely in her proper place at Churchhill, with the Vernons. But you are fitted for society, and it is shameful to have you exiled from it. Leave Frederica, therefore, to punish herself for the plague she has given you, by indulging that romantic tender-heartedness which will always ensure her misery enough, and come to London as soon as you can. I have another reason for urging this: Mainwaring came to town last week, and has contrived, in spite of Mr. Johnson, to make opportunities of seeing me. He is absolutely miserable about you, and jealous to such a degree of De Courcy that it would be highly unadvisable for them to meet at present. And yet, if you do not allow him to see you here, I cannot answer for his not committing some great imprudence—such as going to Churchhill, for instance, which would be dreadful! Besides, if you take my advice, and resolve to marry De Courcy, it will be indispensably necessary to you to get Mainwaring out of the way; and you only can have influence enough to send him back to his wife. I have still another motive for your coming: Mr. Johnson leaves London next Tuesday; he is going for his health to Bath, where, if the waters are favourable to his constitution and my wishes, he will be laid up with the gout many weeks. During his absence we shall be able to chuse our own society, and to have true enjoyment. I would ask you to Edward Street, but that once he forced from me a kind of promise never to invite you to my house; nothing but my being in the utmost distress for money should have extorted it from me. I can get you, however, a nice drawing-room apartment in Upper Seymour Street, and we may be always together there or here; for I consider my promise to Mr. Johnson as comprehending only (at least in his absence) your not sleeping in the house. Poor Mainwaring gives me such histories of his wife's jealousy. Silly woman to expect constancy from so charming a man! but she always was silly—intolerably so in marrying

Calle Edward.

Me siento halagada por tu confianza, y este es mi consejo: ven a la ciudad sin perder más tiempo, pero deja a Frederica atrás. Sería mucho más fructuoso que te enfoques en el propósito de establecerte apropiadamente, casándote con el señor De Courcy, que irritarlo, al igual que al resto de su familia, haciendo que ella se case con sir James. Deberías pensar más en ti misma y menos en tu hija. Ella no parece tener la disposición para representarte orgullosamente ante el mundo, y parece estar más que a gusto en Churchhill, con los Vernon. Pero tú sí perteneces a esta sociedad, y es una lástima verte exiliada de ella. Abandona, entonces, a Frederica, castigándola por todas las pestes que te ha hecho pasar, así como por consentir su forma de amar tan ingenuamente tierna que le asegurará suficiente miseria en el futuro, y ven a Londres lo más pronto que puedas. Tengo otra razón para urgir esto: Mainwaring ha venido a la ciudad la semana pasada, y se las ha ideado para, a pesar de los esfuerzos del señor Johnson, encontrar oportunidad de visitarme. Se siente absolutamente miserable sin ti, y está tan terriblemente celoso de De Courcy, que sería totalmente inconveniente que se encuentren en estos momentos. Aun así, si no le permites encontrarte contigo aquí, no puedo responder por él en caso de que cometa una gran imprudencia, como lo sería ir a Churchhill. ¡Eso sería horroroso! Por otro lado, si sigues mi consejo y decides casarte con el señor De Courcy, sería indispensablemente necesario que nos liberemos de él, y solo tú tienes suficiente influencia sobre él como para hacer que vuelva con su esposa. Tengo incluso otro motivo para que vengas: el señor Johnson dejará Londres el próximo martes. Irá a Bath por su salud, donde, si las aguas responden a su organismo y a mis deseos, será aliviado de la gota por varias semanas. Durante su ausencia, disfrutaremos solamente de nuestra mutua compañía, y podremos divertirnos de verdad. Te invitaría a la calle Edward, pero una vez me arrancó una promesa en la que accedí a no invitarte más a mi casa. De no haber estado yo terriblemente necesitada de dinero, no hubiese aceptado. Puedo conseguirte, sin embargo, un muy bonito estudio en la calle Seymour, y podremos estar siempre allí o aquí, pues considero que mi promesa con el señor Johnson (siempre que él esté ausente) solo hablaba del hecho de que duermas en la casa. El pobre Mainwaring me cuenta las historias de los celos de su esposa. ¡Que mujer tan tonta, esperar tal consistencia de un hom-

him at all, she the heiress of a large fortune and he without a shilling: one title, I know, she might have had, besides baronets. Her folly in forming the connection was so great that, though Mr. Johnson was her guardian, and I do not in general share *his* feelings, I never can forgive her.

Adieu. Yours ever,

ALICIA

bre tan encantador! Pero ella siempre ha sido tonta, intolerablemente tonta si contamos el hecho de haberse casado con él. Ella, heredera de una gran fortuna, y él sin un solo chelín. Podría, no me cabe duda, haber conseguido un título mejor, antes que baronesa. Su insensatez al formar esa unión fue tal que, aunque el señor Johnson es su guardián, y yo generalmente no comparto *sus* opiniones, no podría perdonarla jamás.

Adieu. Cordialmente,

ALICIA

Churchhill.

This letter, my dear Mother, will be brought you by Reginald. His long visit is about to be concluded at last, but I fear the separation takes place too late to do us any good. She is going to London to see her particular friend, Mrs. Johnson. It was at first her intention that Frederica should accompany her, for the benefit of masters, but we overruled her there. Frederica was wretched in the idea of going, and I could not bear to have her at the mercy of her mother; not all the masters in London could compensate for the ruin of her comfort. I should have feared, too, for her health, and for everything but her principles—there I believe she is not to be injured by her mother, or her mother's friends; but with those friends she must have mixed (a very bad set, I doubt not), or have been left in total solitude, and I can hardly tell which would have been worse for her. If she is with her mother, moreover, she must, alas! in all probability be with Reginald, and that would be the greatest evil of all. Here we shall in time be in peace, and our regular employments, our books and conversations, with exercise, the children, and every domestic pleasure in my power to procure her, will, I trust, gradually overcome this youthful attachment. I should not have a doubt of it were she slighted for any other woman in the world than her own mother. How long Lady Susan will be in town, or whether she returns here again, I know not. I could not be cordial in my invitation, but if she chuses to come no want of cordiality on my part will keep her away. I could not help asking Reginald if he intended being in London this winter, as soon as I found her ladyship's steps would be bent thither; and though he professed himself quite undetermined, there was something in his look and voice as he spoke which contradicted his words. I have done with lamentation; I look upon the event as so far decided that I resign myself to it in despair. If he leaves you soon for London everything will be concluded.

Your affectionate, &c.,

C. VERNON

Churchhill.

Esta carta, mi querida madre, te será traída por Reginald. Su visita ha concluido al fin, pero temo que la separación se ha dado demasiado tarde como para sacar algo bueno de ello. Ella irá a Londres a ver a una de sus amigas, la señora Johnson. Quiso en un principio que Frederica la acompañase, con la excusa de encomendarla a nuevos tutores, pero pudimos desautorizarla en ese aspecto. Frederica estaba desolada ante la idea de irse, y yo no pude tolerar la idea de dejarla a merced de su madre. Ni todos los tutores de Londres podrían compensar la idea de la aniquilación de su comodidad. Habría sufrido, también, por su salud, y por todo menos por sus principios. En ese aspecto, creo que no podrá ser injuriada por su madre, o las amigas de la misma. Pero entre estar entre sus amigas (la peor junta posible, no me cabe duda) y ser dejada en completa soledad, no sé cuál habría sido el destino más dañino para ella. Si estuviese con su madre debería, aparte, además estar muy probablemente también con Reginald, y ese sí que sería el peor de todos los males. Aquí recobraremos al fin la paz. Nuestros habituales pasatiempos, nuestros libros y conversaciones... con ejercicio, con los niños, y con todos los placeres domésticos que estén en mi poder procurarle, podremos, confío, gradualmente superar este enamoramiento juvenil. No tendría ni la menor duda de que sería así si hubiera sido despreciada por otra mujer que no fuera su madre. Cuánto tiempo vaya a estar en Londres lady Susan, o si volverá, lo ignoro completamente. Podría no ofrecerle una invitación cordial, pero si ella se abstiene de venir, mi falta de cordialidad no será la causa. No pude evitar preguntar a Reginald si planeaba pasar por Londres este invierno, sabiendo que el camino de su señoría se desviaría hacia allí. Y si bien lo negó en su respuesta, algo en su mirada y en sus palabras lo contradecían. Cesaré mis lamentos. Observo mientras el evento que se acerca inevitablemente, y me resigno a él con desesperación. Si él va pronto de tu casa hacia Londres, todo habrá concluido.

Con amor,

C. VERNON

XXVIII — *Mrs. Johnson to Lady Susan.*

Edward Street.

My dearest Friend,—I write in the greatest distress; the most unfortunate event has just taken place. Mr. Johnson has hit on the most effectual manner of plaguing us all. He had heard, I imagine, by some means or other, that you were soon to be in London, and immediately contrived to have such an attack of the gout as must at least delay his journey to Bath, if not wholly prevent it. I am persuaded the gout is brought on or kept off at pleasure; it was the same when I wanted to join the Hamiltons to the Lakes; and three years ago, when *I* had a fancy for Bath, nothing could induce him to have a gouty symptom.

I am pleased to find that my letter had so much effect on you, and that De Courcy is certainly your own. Let me hear from you as soon as you arrive, and in particular tell me what you mean to do with Mainwaring. It is impossible to say when I shall be able to come to you; my confinement must be great. It is such an abominable trick to be ill here instead of at Bath that I can scarcely command myself at all. At Bath his old aunts would have nursed him, but here it all falls upon me; and he bears pain with such patience that I have not the common excuse for losing my temper.

Yours ever,

ALICIA

XXVIII — LA SEÑORA JOHNSON A LADY SUSAN

Calle Edward.

Mi queridísima amiga:

Te escribo en la mayor desesperación, un muy desafortunado evento
ha ocurrido. El señor Johnson ha encontrado la manera más efectiva de
perjudicarnos. Ha oído, imagino, de alguna u otra fuente, que estarías
pronto en Londres, e inmediatamente ha logrado tener una gran des-
mejoría de la gota, tanto como para al menos retrasar su viaje a Bath,
o incluso quizás prevenirlo del todo. Me inclino a pensar que su gota
surge o se va según le place a él, lo mismo pasó la última vez que quise
reunirme con los Hamilton en los lagos, y hace tres años, cuando *yo* ansiaba ir a Bath, nada lo pudo inducir a tener un solo síntoma de la gota.

Me complace mucho saber que mis cartas han tenido tal efecto en tu
decisión, y que De Courcy es ciertamente tuyo. Escríbeme tan pronto
como llegues, y dime particularmente qué planeas hacer con Mainwaring. Me es imposible decirte cuándo podré reunirme contigo, mi confinamiento será extenso. Es un truco tan abominable enfermarse aquí en
vez de en Bath que apenas puedo contener mi enojo. En Bath sus ancia-
nas tías lo hubieran atendido, pero aquí todo recae sobre mí, y padece
tales dolores con tanta paciencia que no tengo ni siquiera excusa para
perder el temperamento.

Cordialmente,

ALICIA

Upper Seymour Street.

My dear Alicia,—There needed not this last fit of the gout to make me detest Mr. Johnson, but now the extent of my aversion is not to be estimated. To have you confined as nurse in his apartment! My dear Alicia, of what a mistake were you guilty in marrying a man of his age! just old enough to be formal, ungovernable, and to have the gout; too old to be agreeable, too young to die. I arrived last night about five, had scarcely swallowed my dinner when Mainwaring made his appearance. I will not dissemble what real pleasure his sight afforded me, nor how strongly I felt the contrast between his person and manners and those of Reginald, to the infinite disadvantage of the latter. For an hour or two I was even staggered in my resolution of marrying him, and though this was too idle and nonsensical an idea to remain long on my mind, I do not feel very eager for the conclusion of my marriage, nor look forward with much impatience to the time when Reginald, according to our agreement, is to be in town. I shall probably put off his arrival under some pretence or other. He must not come till Mainwaring is gone. I am still doubtful at times as to marrying; if the old man would die I might not hesitate, but a state of dependance on the caprice of Sir Reginald will not suit the freedom of my spirit; and if I resolve to wait for that event, I shall have excuse enough at present in having been scarcely ten months a widow. I have not given Mainwaring any hint of my intention, or allowed him to consider my acquaintance with Reginald as more than the commonest flirtation, and he is tolerably appeased. Adieu, till we meet; I am enchanted with my lodgings.

Yours ever,

S. VERNON

Calle Seymour.

Mi querida Alicia:

No hacía falta este último brote de gota para hacerme detestar al señor Johnson, pero ahora la extensión de mi rechazo no conoce límites. ¡Tenerte confinada en su departamento como enfermera! Mi querida Alicia, ¡qué error has cometido al casarte con alguien de su edad! Lo suficientemente anciano como para ser formal, ingobernable, y tener la gota; demasiado viejo para ser agradable y demasiado joven para morir. Llegué anoche, alrededor de las cinco; apenas había terminado mi cena cuando Mainwaring apareció. No fingiré que no me dio gran placer verlo, y lo mucho que noté el contraste entre su persona y modales con los de Reginald, para la grandísima desventaja de este último. Durante una o dos horas, me extrañé incluso de mi propia decisión de casarme con él, y si bien es una idea demasiado absurda como para permanecer en mi mente el tiempo suficiente, no me siento muy ansiosa de concretar mi matrimonio, ni muy impaciente por el momento de encontrarme con Reginald, según nuestro acuerdo, aquí en la ciudad. Quizás pondré algún que otro pretexto para retrasar nuestro encuentro. No debe venir hasta que Mainwaring se haya ido. Dudo a veces aún sobre el hecho de casarme con él. Si su viejo padre muriera, no dudaría, pero estar pendiente de los caprichos de sir Reginald no es compatible con mi libertad de espíritu. Y si decidira esperar hasta tal evento, sería excusa suficiente, dado que hace solo diez meses he enviudado. No le he dado a Mainwaring ninguna pista de mis intenciones, ni le he dado a entender que mi relación con Reginald excede la de una simple coquetería; eso lo ha dejado satisfecho.

Adieu, hasta que nos podamos encontrar, estoy encantada con mi alojamiento.

Cordialmente,

S. VERNON

Upper Seymour Street.

I have received your letter, and though I do not attempt to conceal that I am gratified by your impatience for the hour of meeting, I yet feel myself under the necessity of delaying that hour beyond the time originally fixed. Do not think me unkind for such an exercise of my power, nor accuse me of instability without first hearing my reasons. In the course of my journey from Churchhill I had ample leisure for reflection on the present state of our affairs, and every review has served to convince me that they require a delicacy and cautiousness of conduct to which we have hitherto been too little attentive. We have been hurried on by our feelings to a degree of precipitation which ill accords with the claims of our friends or the opinion of the world. We have been unguarded in forming this hasty engagement, but we must not complete the imprudence by ratifying it while there is so much reason to fear the connection would be opposed by those friends on whom you depend. It is not for us to blame any expectations on your father's side of your marrying to advantage; where possessions are so extensive as those of your family, the wish of increasing them, if not strictly reasonable, is too common to excite surprize or resentment. He has a right to require a woman of fortune in his daughter-in-law, and I am sometimes quarrelling with myself for suffering you to form a connection so imprudent; but the influence of reason is often acknowledged too late by those who feel like me. I have now been but a few months a widow, and, however little indebted to my husband's memory for any happiness derived from him during a union of some years, I cannot forget that the indelicacy of so early a second marriage must subject me to the censure of the world, and incur, what would be still more insupportable, the displeasure of Mr. Vernon. I might perhaps harden myself in time against the injustice of general reproach, but the loss of *his* valued esteem I am, as you well know, ill-fitted to endure; and when to this may be added the consciousness of having injured you with your family, how am I to support myself? With feelings so poignant as mine, the conviction of having divided the son from his parents would make me, even with you, the most miserable of beings. It will surely, therefore, be advisable to delay our union—to delay it till appearances are more promising—till affairs have taken a more favourable turn. To assist

XXX – LADY SUSAN VERNON AL SEÑOR DE COURCY

Calle Seymour.

He recibido tu carta, y si bien no pretendo ocultar el halago que me produce tu impaciencia ante la hora de encontrarnos, me encuentro aún bajo la necesidad de posponer ese encuentro en relación a la hora en que estaba acordado originalmente. No me consideres, te ruego, despiadada por tal uso de mi poder, ni me acuses de inestabilidad sin antes escuchar mis razones. En el lapso de mi viaje hasta aquí desde Churchhill, tuve mucho tiempo libre para reflexionar en el estado actual de nuestros asuntos, y cada rectificación ha logrado convencerme de que los mismos requieren una delicadeza y una precaución que, hasta el momento, no les hemos estado prestando. Nos hemos apresurado ante nuestros sentimientos con un grado de precipitación que no concuerda con lo que nuestros amigos, y el mundo, consideran correcto. Hemos sido descuidados al formar este atropellado compromiso, pero no debemos rematar esta imprudencia mientras haya razones para temer que la misma recibirá la oposición de aquellos amigos de los cuales dependes. No podemos culpar a tu padre de sus expectativas para que consigas un matrimonio provechoso, siendo la extensión de las posesiones de una familia como la tuya y el deseo de multiplicarlas, sino estrictamente razonable, demasiado común como para despertar sorpresa o rencor. Él tiene el derecho de esperar una mujer de gran fortuna como nuera, y en ocasiones debato conmigo misma por el sufrimiento que pueda generarte hacer una conexión de tal imprudencia. Pero la influencia de la razón es usualmente percibida demasiado tarde para aquellos que sienten lo que yo siento en estos momentos. He enviudado hace solo algunos meses y, por poco que deba a la memoria de mi marido y a la felicidad que me haya causado nuestra unión de algunos años, no puedo evitar pensar en lo indefensa que me posicionaría un tan temprano segundo matrimonio ante la censura del mundo, y a su vez, lo que sería mucho más insoportable, el desagrado del señor Vernon. Quizás logre con el tiempo fortalecerme más ante la injusticia de las críticas generales, pero la pérdida de *su* valiosa estima no podría, como sabrás, resistir. Y cuando a todo esto se le agrega la idea de haber dañado tu relación con tu familia, ¿cómo podría siquiera perdonarme a mí misma? Con sentimientos tan mordaces como los míos, la convicción de haber separado un hijo de sus padres me haría, aun en tu compañía, el ser más desdichado. Es entonces lo más recomendable, seguramente, retrasar

us in such a resolution I feel that absence will be necessary. We must not meet. Cruel as this sentence may appear, the necessity of pronouncing it, which can alone reconcile it to myself, will be evident to you when you have considered our situation in the light in which I have found myself imperiously obliged to place it. You may be—you must be—well assured that nothing but the strongest conviction of duty could induce me to wound my own feelings by urging a lengthened separation, and of insensibility to yours you will hardly suspect me. Again, therefore, I say that we ought not, we must not, yet meet. By a removal for some months from each other we shall tranquillise the sisterly fears of Mrs. Vernon, who, accustomed herself to the enjoyment of riches, considers fortune as necessary everywhere, and whose sensibilities are not of a nature to comprehend ours. Let me hear from you soon—very soon. Tell me that you submit to my arguments, and do not reproach me for using such. I cannot bear reproaches: my spirits are not so high as to need being repressed. I must endeavour to seek amusement, and fortunately many of my friends are in town; amongst them the Mainwarings; you know how sincerely I regard both husband and wife.

I am, very faithfully yours,

S. VERNON

nuestra unión —postergarla hasta que las circunstancias sean más prometedoras— hasta que las cosas hayan tomado un rumbo más favorable. Para asistirnos ante tal resolución, siento que la ausencia del uno al otro deberá ser necesaria. No debemos encontrarnos. Tan cruel como pueda parecer esta oración, la necesidad de pronunciarla, que solo es atribuible a mi causa, te resultará evidente cuando hayas reflexionado sobre nuestra situación, en el contexto en que yo me he visto imperiosamente obligada a formularla. Puedes, debes, estar seguro que nada más que la fuerte convicción del deber podría inducirme a herir mis propios sentimientos con esta extensa separación. Que mi insensibilidad hacia los tuyos no sea el motivo de tu sospecha. Reitero, entonces, digo que no podemos, no debemos, todavía vernos. Mediante la distancia de unos meses podremos tranquilizar los miedos de hermana de la señora Vernon quien, acostumbrada al disfrute de sus propias riquezas, considera que la fortuna es necesaria donde sea, y cuyas sensibilidades no podremos comprender por nuestra naturaleza. Déjame saber de ti pronto, muy pronto. Dime que estás de acuerdo con mis argumentos, y no me reproches por haberlos escrito. No soporto los reproches. Deberé esforzarme por encontrar algo de diversión. Pero afortunadamente muchos de mis amigos están en la ciudad. Entre ellos los Mainwaring. Ya sabes cuánto aprecio tanto a la señora como al señor Mainwaring.

Cariñosamente,

S. VERNON

Upper Seymour Street.

My dear Friend,—That tormenting creature, Reginald, is here. My letter, which was intended to keep him longer in the country, has hastened him to town. Much as I wish him away, however, I cannot help being pleased with such a proof of attachment. He is devoted to me, heart and soul. He will carry this note himself, which is to serve as an introduction to you, with whom he longs to be acquainted. Allow him to spend the evening with you, that I may be in no danger of his returning here. I have told him that I am not quite well, and must be alone; and should he call again there might be confusion, for it is impossible to be sure of servants. Keep him, therefore, I entreat you, in Edward Street. You will not find him a heavy companion, and I allow you to flirt with him as much as you like. At the same time, do not forget my real interest; say all that you can to convince him that I shall be quite wretched if he remains here; you know my reasons— propriety, and so forth. I would urge them more myself, but that I am impatient to be rid of him, as Mainwaring comes within half an hour. Adieu!

S. VERNON

Calle Seymour.

Mi querida amiga:

La fastidiosa criatura, Reginald, está aquí. Mi carta, cuya intención era mantenerlo por más tiempo en el campo, lo ha hecho venir apresuradamente a la ciudad. Por más que quisiera que se fuera, no puedo evitar estar complacida con tal muestra de apego. Es devoto a mí, en cuerpo y alma. Te llevará esta carta él mismo, lo que servirá como una introducción para ti, a quien quiere conocer. Permítele pasar la tarde contigo, para no correr yo el riesgo de que vuelva aquí. Le he dicho que no me encuentro muy bien, y prefiero estar sola. Si él visitara nuevamente, podría haber confusiones, ya que nunca se puede estar segura de lo que dirán los sirvientes. Mantenlo, entonces, te pido encarecidamente, en la calle Edward. Verás que no es una compañía pesada, y te permito coquetear con él tanto como te plazca. A su vez, no olvides mis intereses reales, di todo lo que puedas para convencerle de que seré desdichada si él permanece aquí. Ya sabes mis razones: no corresponde socialmente, etcétera. Lo haría yo misma, pero estaba ansiosa por deshacerme de él ya que Mainwaring llegará en media hora.

¡Adieu!

S. VERNON

Edward Street.

My dear Creature,—I am in agonies, and know not what to do. Mr. De Courcy arrived just when he should not. Mrs. Mainwaring had that instant entered the house, and forced herself into her guardian's presence, though I did not know a syllable of it till afterwards, for I was out when both she and Reginald came, or I should have sent him away at all events; but she was shut up with Mr. Johnson, while he waited in the drawing-room for me. She arrived yesterday in pursuit of her husband, but perhaps you know this already from himself. She came to this house to entreat my husband's interference, and before I could be aware of it, everything that you could wish to be concealed was known to him, and unluckily she had wormed out of Mainwaring's servant that he had visited you every day since your being in town, and had just watched him to your door herself! What could I do! Facts are such horrid things! All is by this time known to De Courcy, who is now alone with Mr. Johnson. Do not accuse me; indeed, it was impossible to prevent it. Mr. Johnson has for some time suspected De Courcy of intending to marry you, and would speak with him alone as soon as he knew him to be in the house. That detestable Mrs. Mainwaring, who, for your comfort, has fretted herself thinner and uglier than ever, is still here, and they have been all closeted together. What can be done? At any rate, I hope he will plague his wife more than ever. With anxious wishes,

Yours faithfully,

ALICIA

XXXII — LA SEÑORA JOHNSON A LADY SUSAN

Calle Edward.

Mi adorada criaturita:

Estoy en agonía, y no sé qué hacer. El señor De Courcy llegó justo cuando no tendría que haberlo hecho. La señora Mainwaring había entrado a la casa en ese instante, y se adentró en la casa hasta encontrarse con su guardián, aunque yo no supe ni una palabra de esto hasta luego, dado que estaba fuera cuando ella y Reginald llegaron, sino, lo hubiese despachado yo misma en ese momento. Ella estaba encerrada con el señor Johnson, mientras Reginald me esperaba en el estudio. Llegó el día de ayer, buscando a su marido, pero quizás ya sabes eso de su propia boca. Vino a esta casa a implorar la interferencia de mi marido en el asunto, y antes de que lo supiera, todo aquello que debía permanecer oculto ya estaba en su conocimiento. Desafortunadamente, ¡ella le hizo delatar al sirviente de Mainwaring que él te había estado visitando todos los días, y que él mismo lo había visto en tu puerta hace poco! ¡¿Qué puedo hacer?! ¡Los hechos son cosas tan espantosas! A estas alturas, De Courcy se ha enterado de todo, y está encerrado a solas con el señor Johnson. No me acuses. Era inevitable, de hecho, prevenir esto. El señor Johnson ha sospechado por algún tiempo que De Courcy pretendía casarse contigo, y deseaba hablar con él a solas tan pronto como supiese que estaría en la casa. Esa detestable señora Mainwaring, que para tu consuelo, se ha presentado estando más flaca y fea que nunca, está aún aquí, y se han encerrado todos juntos. ¿Qué puedo hacer? En todo caso, espero que él atormente a su esposa aún más que antes. Me despido ansiosamente.

Cariñosamente,

ALICIA

Upper Seymour Street.

This *éclaircissement* is rather provoking. How unlucky that you should have been from home! I thought myself sure of you at seven! I am undismayed however. Do not torment yourself with fears on my account; depend on it, I can make my story good with Reginald. Mainwaring is just gone; he brought me the news of his wife's arrival. Silly woman, what does she expect by such manoeuvres? Yet I wish she had stayed quietly at Langford. Reginald will be a little enraged at first, but by to-morrow's dinner, everything will be well again.

Adieu!

S. V.

Calle Seymour.

Este *éclaircissement* es de lo más fastidioso. ¡Qué desafortunado que no hayas estado en casa! ¡Pensé que seguramente estarías a las siete! Me encuentro, sin embargo, impasible. No te atormentes con miedos por mi causa, te lo aseguro, puedo contarle una historia convincente a Reginald. Mainwaring acaba de irse, me ha traído las noticias de la llegada de su esposa. Qué mujer más tonta, ¿qué pretende lograr con estas maniobras? Aunque me hubiese gustado que se quedara tranquila en Langford. Reginald estará un poco enfadado al principio, pero para la cena de mañana, todo estará nuevamente en orden.

¡Adieu!

S. V.

XXXIV — *Mr. De Courcy to Lady Susan.*

—— Hotel.

I write only to bid you farewell, the spell is removed; I see you as you are. Since we parted yesterday, I have received from indisputable authority such a history of you as must bring the most mortifying conviction of the imposition I have been under, and the absolute necessity of an immediate and eternal separation from you. You cannot doubt to what I allude. Langford! Langford! that word will be sufficient. I received my information in Mr. Johnson's house, from Mrs. Mainwaring herself. You know how I have loved you; you can intimately judge of my present feelings, but I am not so weak as to find indulgence in describing them to a woman who will glory in having excited their anguish, but whose affection they have never been able to gain.

R. DE COURCY

XXXIV — EL SEÑOR DE COURCY A LADY SUSAN

Hotel ...

Le escribo solamente para despedirme, el hechizo ha sido levantado. Puedo verla ahora por quien realmente es. Desde que nos despedimos ayer, he recibido de una autoridad indisputable tal historial sobre usted, que me trae la más mortificante certeza de que he sido embaucado por su parte, y hace necesaria la más inmediata y eterna separación entre nosotros. No creo que no sepa a qué me refiero. ¡Langford! ¡Langford! Esa palabra debería bastarle. Recibí mi informacion en la casa del señor Johnson, de la mismísima señora Mainwaring. Sabe usted lo mucho que la he amado. Puede juzgar mis sentimientos presentes, pero no soy tan débil como para describirlos, consintiendo el oído de una mujer que se enorgullecerá de haber provocado mis angustias, y quién cuyo afecto jamás conseguieron.

R. DE COURCY

XXXV — *Lady Susan to Mr. De Courcy.*

Upper Seymour Street.

I will not attempt to describe my astonishment in reading the note this moment received from you. I am bewildered in my endeavours to form some rational conjecture of what Mrs. Mainwaring can have told you to occasion so extraordinary a change in your sentiments. Have I not explained everything to you with respect to myself which could bear a doubtful meaning, and which the ill-nature of the world had interpreted to my discredit? What can you now have heard to stagger your esteem for me? Have I ever had a concealment from you? Reginald, you agitate me beyond expression, I cannot suppose that the old story of Mrs. Mainwaring's jealousy can be revived again, or at least be *listened* to again. Come to me immediately, and explain what is at present absolutely incomprehensible. Believe me, the single word of *Langford* is not of such potent intelligence as to supersede the necessity of more. If we *are* to part, it will at least be handsome to take your personal leave—but I have little heart to jest; in truth, I am serious enough; for to be sunk, though but for an hour, in your esteem is a humiliation to which I know not how to submit. I shall count every minute till your arrival.

S. V.

Calle Seymour.

Ni siquiera intentaré describir la sorpresa que me provocó leer esta carta en el momento en que la recibí. Estoy desconcertada, mientras intento formar una conjetura racional de lo que podría haberte dicho la señora Mainwaring con tal de provocar tal cambio de parecer en tus sentimientos. ¿Acaso no te he explicado todo aquello que podría albergar un comportamiento dudoso de mi parte, y todo aquello que la cruel predisposición del mundo ha interpretado en mi contra? ¿Qué podrías haber escuchado ahora para cuestionar el aprecio que me tienes? ¿Te he ocultado alguna vez algo? Reginald, tú me alteras más de lo que jamás podría expresar, no puedo creer que la vieja historia de los celos de la señora Mainwaring no solo haya resurgido, sino que también la hayas *escuchado* igual de atentamente. Ven conmigo inmediatamente, y explícame lo que en este momento no puedo comprender. Créeme, la palabra «*Langford*» por sí sola no contiene una información tan potente como para no precisar de la necesidad de una explicación. Si es que *vamos* a separarnos, sería por lo menos lo más educado que lo hagas personalmente. Tengo poco corazón en este momento para bromear. Lo digo en verdad. Perder tu estima aunque sea por una hora, sería tal humillación, que no sabría cómo afrontarla. Contaré cada minuto hasta tu llegada.

S. V.

—— Hotel.

Why would you write to me? Why do you require particulars? But, since it must be so, I am obliged to declare that all the accounts of your misconduct during the life, and since the death of Mr. Vernon, which had reached me, in common with the world in general, and gained my entire belief before I saw you, but which you, by the exertion of your perverted abilities, had made me resolved to disallow, have been unanswerably proved to me; nay more, I am assured that a connection, of which I had never before entertained a thought, has for some time existed, and still continues to exist, between you and the man whose family you robbed of its peace in return for the hospitality with which you were received into it; that you have corresponded with him ever since your leaving Langford; not with his wife, but with him, and that he now visits you every day. Can you, dare you deny it? and all this at the time when I was an encouraged, an accepted lover! From what have I not escaped! I have only to be grateful. Far from me be all complaint, every sigh of regret. My own folly had endangered me, my preservation I owe to the kindness, the integrity of another; but the unfortunate Mrs. Mainwaring, whose agonies while she related the past seemed to threaten her reason, how is *she* to be consoled! After such a discovery as this, you will scarcely affect further wonder at my meaning in bidding you adieu. My understanding is at length restored, and teaches no less to abhor the artifices which had subdued me than to despise myself for the weakness on which their strength was founded.

R. DE COURCY

Hotel ...

¿Por qué me escribe?¿Por qué requiere más detalles? Pero si es que así lo quiere, me veo en la obligación de declarar que habían llegado a mi conocimiento todas sus faltas de conducta en vida, y desde la muerte del señor Vernon, y que yo las creí en su totalidad. ¡Pero usted, con el empleo de sus perversas habilidades, me convenció de desacreditarlas! y ahora han sido inequívocamente probadas ante mí. Es más, se me aseguró que hay una conexión, de la que yo no estaba enterado, y que aún no ha cesado, entre usted y el hombre a cuya familia ha robado de su paz, como respuesta a la gran hospitalidad que le habían brindado. Usted ha estado en comunicación con él desde que abandonó Langford, No con su esposa, sino con él, y él la visita ahora todos los días. ¿Puede, o más bien se atreve, a negar esto? ¡Todo este tiempo, mientras yo fui un amante no solo incitado, sino que también aceptado! ¡De lo que he escapado! No puedo estar más que agradecido. Nada más lejos de mi intención que todo sean quejas y suspiros de lamento. Mi precipitación me ha puesto en peligro, mi amparo se lo debo a la integridad y a la amabilidad de los demás. Pero a la desafortunada señora Mainwaring, cuyas agonías mientras me relataba lo ocurrido parecían estar dañando su razón, ¡quién podría consolarla a *ella!* Luego de este descubrimiento, ya no deben faltarle razones para entender la razón por la que me despido. Mi entendimiento está finalmente restaurado, y me indica que aborrezca las artimañas a las que me ha sometido, así como a mí mismo por haber permitido que mi propia debilidad les diera lugar.

R. DE COURCY

Upper Seymour Street.

I am satisfied, and will trouble you no more when these few lines are dismissed. The engagement which you were eager to form a fortnight ago is no longer compatible with your views, and I rejoice to find that the prudent advice of your parents has not been given in vain. Your restoration to peace will, I doubt not, speedily follow this act of filial obedience, and I flatter myself with the hope of surviving my share in this disappointment.

S. V.

Calle Seymour.

He escuchado suficiente, y no te molestaré más una vez esta breve carta sea enviada. El compromiso que tan arduamente pretendíamos formar hace una quincena ya no es compatible con tus opiniones, y me alegra que el prudente consejo de tus padres no haya sido en vano. La restauración de tu paz seguirá, no me cabe duda, rápidamente a este acto de obediencia filial, y me animo a mí misma con la esperanza de sobrevivir mi lado de esta decepción.

S. V.

Edward Street

I am grieved, though I cannot be astonished at your rupture with Mr. De Courcy; he has just informed Mr. Johnson of it by letter. He leaves London, he says, to-day. Be assured that I partake in all your feelings, and do not be angry if I say that our intercourse, even by letter, must soon be given up. It makes me miserable; but Mr. Johnson vows that if I persist in the connection, he will settle in the country for the rest of his life, and you know it is impossible to submit to such an extremity while any other alternative remains. You have heard of course that the Mainwarings are to part, and I am afraid Mrs. M. will come home to us again; but she is still so fond of her husband, and frets so much about him, that perhaps she may not live long. Miss Mainwaring is just come to town to be with her aunt, and they say that she declares she will have Sir James Martin before she leaves London again. If I were you, I would certainly get him myself. I had almost forgot to give you my opinion of Mr. De Courcy; I am really delighted with him; he is full as handsome, I think, as Mainwaring, and with such an open, good-humoured countenance, that one cannot help loving him at first sight. Mr. Johnson and he are the greatest friends in the world. Adieu, my dearest Susan, I wish matters did not go so perversely. That unlucky visit to Langford! but I dare say you did all for the best, and there is no defying destiny.

Your sincerely attached,

ALICIA

XXXVIII — LA SEÑORA JOHNSON A LADY SUSAN VERNON

Calle Edward.

Me apena, aunque no me sorprende, tu rompimiento con el señor De Courcy. Él se lo acaba de informar al señor Johnson mediante una carta. Dejará Londres, según lo que dijo, hoy mismo. Puedes estar segura de que te acompaño en todos tus sentimientos, y no te enojes, puesto que nuestro contacto, incluso mediante correspondencia, deberá finalizar pronto. Me vuelve miserable, pero el señor Johnson jura que si persisto en esta conexión, se asentará en el campo por el resto de sus días, y sabes que me es imposible someterme a tan extremas condiciones mientras haya cualquier otra alternativa. Habrás, seguramente, escuchado que los Mainwating se separarán, y temo que la señora Mainwaring vendrá a casa nuevamente. Aún así, sigue teniendo tanto cariño por su marido, y se angustia tanto por él, que temo que no vaya a vivir mucho tiempo. La señorita Mainwaring ha venido a la ciudad a visitar a su tía, y se dice que ella ha resuelto no irse de Londres hasta tener a sir James Martin. Si fuera tú, definitivamente me lo quedaría para mí. Casi olvidé decirte mi opinión sobre el señor De Courcy, me ha encantado. Es tan bien parecido, creo, como el señor Mainwaring, y con una disposición tan abierta y positiva, que una no puede evitar quererlo a primera vista. El señor Johnson y él son de los mejores amigos.

Adieu, mi queridísima Susan, me hubiese gustado que las cosas no terminasen tan perversamente. ¡Esa desafortunada visita a Longford! Pero sí diré que hiciste lo mejor que pudiste, y que no se puede desafiar al destino.

Con el mayor cariño,

ALICIA

Upper Seymour Street.

My dear Alicia,—I yield to the necessity which parts us. Under such circumstances you could not act otherwise. Our friendship cannot be impaired by it, and in happier times, when your situation is as independent as mine, it will unite us again in the same intimacy as ever. For this I shall impatiently wait, and meanwhile can safely assure you that I never was more at ease, or better satisfied with myself and everything about me than at the present hour. Your husband I abhor, Reginald I despise, and I am secure of never seeing either again. Have I not reason to rejoice? Mainwaring is more devoted to me than ever; and were we at liberty, I doubt if I could resist even matrimony offered by *him*. This event, if his wife live with you, it may be in your power to hasten. The violence of her feelings, which must wear her out, may be easily kept in irritation. I rely on your friendship for this. I am now satisfied that I never could have brought myself to marry Reginald, and am equally determined that Frederica never *shall*. To-morrow, I shall fetch her from Churchhill, and let Maria Mainwaring tremble for the consequence. Frederica shall be Sir James's wife before she quits my house, and *she* may whimper, and the Vernons may storm, I regard them not. I am tired of submitting my will to the caprices of others; of resigning my own judgment in deference to those to whom I owe no duty, and for whom I feel no respect. I have given up too much, have been too easily worked on, but Frederica shall now feel the difference. Adieu, dearest of friends; may the next gouty attack be more favourable! and may you always regard me as unalterably yours,

S. VERNON

Calle Seymour.

Mi querida Alicia:

Cedo a la necesidad de separarnos. Bajo tales circunstancias, no puedes actuar de otra forma. Nuestra amistad no será destruida por esto, y cuando te encuentres en una situación tan independiente como la mía, nos reuniremos y seremos tan íntimas como siempre. Esperaré esto impacientemente, y mientras tanto puedo asegurarte que nunca estuve tan contenta conmigo misma y tan en paz como ahora. A tu marido, lo odio, a Reginald, lo detesto; me aseguraré de no ver a ninguno de los dos jamás. ¿Acaso no son buenas mis razones para regocijarse? Mainwaring es más devoto a mí que nunca y, si pudiéramos tomarnos esa libertad, dudo que pueda resistirme incluso al matrimonio si *él* me lo ofreciese. Este evento, si es que su esposa vive con ustedes, podrías tener el poder de acelerar. La violencia de sus emociones, que deben seguramente debilitarla, mantendrán fácilmente su irritación. Dependeré de tu amistad para ello. Me encuentro ahora aliviada de no haber conseguido casarme con Reginald y me encuentro también determinada a que Frederica tampoco lo haga *nunca*. Mañana la traeré de Churchhill, y Maria Mainwaring temblará por las consecuencias. Frederica será la esposa de sir James antes de abandonar mi casa, y *ella* podrá llorar, así como podrán quejarse los Vernon, pero no haré caso a ninguno de ellos. Estoy cansada de someter mi voluntad al capricho de los demás, de resignar mi juicio ante la deferencia de aquellos a quienes nada debo, y por quienes tampoco siento respeto. He sacrificado ya mucho y me he dejado convencer con demasiada facilidad, pero ahora Frederica verá que eso ha cambiado.

Adieu, mi más querida amiga. ¡Que el próximo ataque de gota sea más favorable! Recuerda que siempré seré tu amiga.

S. VERNON

My dear Catherine,—I have charming news for you, and if I had not sent off my letter this morning you might have been spared the vexation of knowing of Reginald's being gone to London, for he is returned. Reginald is returned, not to ask our consent to his marrying Lady Susan, but to tell us they are parted for ever. He has been only an hour in the house, and I have not been able to learn particulars, for he is so very low that I have not the heart to ask questions, but I hope we shall soon know all. This is the most joyful hour he has ever given us since the day of his birth. Nothing is wanting but to have you here, and it is our particular wish and entreaty that you would come to us as soon as you can. You have owed us a visit many long weeks; I hope nothing will make it inconvenient to Mr. Vernon; and pray bring all my grand-children; and your dear niece is included, of course; I long to see her. It has been a sad, heavy winter hitherto, without Reginald, and seeing nobody from Churchhill. I never found the season so dreary before; but this happy meeting will make us young again. Frederica runs much in my thoughts, and when Reginald has recovered his usual good spirits (as I trust he soon will) we will try to rob him of his heart once more, and I am full of hopes of seeing their hands joined at no great distance.

Your affectionate mother,

C. DE COURCY

Mi querida Catherine:

Tengo encantadoras noticias para ti, y de no haber enviado mi carta esta mañana, te habría ahorrado la angustia de saber que Reginald había marchado hacia Londres, pues ya ha regresado. Reginald ha regresado, y no para pedirnos nuestro permiso para casarse con lady Susan, sino para decirnos que se han separado para siempre. Hace solo una hora que está en casa, y no he podido saber aún los detalles, pero espero que podamos saber todo pronto. Este es el momento más dichoso que nos ha regalado desde el día de su nacimiento. Nada quisiera más que estés aquí, y es nuestro particular deseo que vengas lo más pronto que puedas. Hace mucho nos debes una visita. Espero que no inconvenga al señor Vernon, y espero que vengan también mis nietos. Tu adorable sobrina está incluida, claro está. Ansío verla. Ha sido un triste y pesado invierno por aquí, sin Reginald, y sin poder ver a nadie de Churchhill. Nunca la había considerado una estación tan desoladora, pero seguramente este encuentro nos rejuvenezca a todos un poco. Frederica ocupa mucho mis pensamientos últimamente, y cuando Reginald haya recuperado sus usuales ánimos (que no dudo, será pronto) trataremos de robarle el corazón una vez más. Tengo la esperanza de ver sus manos unidas a la brevedad.

Tu cariñosa madre,

C. DE COURCY

XLI — *Mrs. Vernon to Lady De Courcy.*

Churchhill.

My dear Mother,—Your letter has surprized me beyond measure! Can it be true that they are really separated—and for ever? I should be overjoyed if I dared depend on it, but after all that I have seen how can one be secure? And Reginald really with you! My surprize is the greater because on Wednesday, the very day of his coming to Parklands, we had a most unexpected and unwelcome visit from Lady Susan, looking all cheerfulness and good-humour, and seeming more as if she were to marry him when she got to London than as if parted from him for ever. She stayed nearly two hours, was as affectionate and agreeable as ever, and not a syllable, not a hint was dropped, of any disagreement or coolness between them. I asked her whether she had seen my brother since his arrival in town; not, as you may suppose, with any doubt of the fact, but merely to see how she looked. She immediately answered, without any embarrassment, that he had been kind enough to call on her on Monday; but she believed he had already returned home, which I was very far from crediting. Your kind invitation is accepted by us with pleasure, and on Thursday next we and our little ones will be with you. Pray heaven, Reginald may not be in town again by that time! I wish we could bring dear Frederica too, but I am sorry to say that her mother's errand hither was to fetch her away; and, miserable as it made the poor girl, it was impossible to detain her. I was thoroughly unwilling to let her go, and so was her uncle; and all that could be urged we did urge; but Lady Susan declared that as she was now about to fix herself in London for several months, she could not be easy if her daughter were not with her for masters, &c. Her manner, to be sure, was very kind and proper, and Mr. Vernon believes that Frederica will now be treated with affection. I wish I could think so too. The poor girl's heart was almost broke at taking leave of us. I charged her to write to me very often, and to remember that if she were in any distress we should be always her friends. I took care to see her alone, that I might say all this, and I hope made her a little more comfortable; but I shall not be easy till I can go to town and judge of her situation myself. I wish there were a better prospect than now appears of the match which the conclusion of your letter declares your expectations of. At present, it is not very likely.

Churchhill.

Querida madre:

¡Tu carta verdaderamente me ha sorprendido! ¿Será verdad que están realmente separados, y para siempre? Estaría rebosante de alegría si me animase a creerlo, pero luego de todo lo que hemos pasado, ¿cómo se puede estar segura? ¡Y Reginald está con ustedes! Mi sorpresa no podría ser mayor pues, el miércoles, el mismo día en que ha regresado a Parklands, tuvimos la visita de lady Susan, que lucía más contenta y de buen humor que nunca, y más como si efectivamente se fueran a casar al llegar ella a Londres, en vez de haberse separado ya para siempre. Se quedó durante dos horas, fue más cariñosa y amigable que nunca y no dijo una sola palabra ni dio a entender ningún desacuerdo ni aspereza entre ellos. Le pregunté si había visto a mi hermano desde que había partido a la ciudad, no, como imaginarás, porque me cupiese alguna duda al respecto, sino porque quería observar la expresión en su rostro. Me respondió enseguida, y sin pudor alguno, que él había sido muy amable al visitarla el lunes, pero que ella creía que él ya había regresado a casa, de lo que no di crédito alguno. Aceptamos gratamente tu amable invitación, y el día jueves estaremos nosotros, junto con nuestros niños, con ustedes. ¡Esperamos también que Reginald no esté en la ciudad de vuelta para ese momento, Dios nos oiga! Desearía que pudieramos llevar a nuestra querida Frederica también, pero lamento contarte, que la visita de su madre hasta aquí fue con la intención de llevársela consigo y, por más miserable que volvió a la pobre muchacha, fue imposible detenerla. Yo estaba totalmente dispuesta a evitar su partida, y todo lo que se le pudo urgir, le urgimos, pero lady Susan declaró que se establecería en Londres durante varios meses, y no estaría tranquila sabiendo que su hija estaría sin tutores, etcétera. Sus modales, a decir verdad, fueron muy amables y correctos, y el señor Vernon opina que Frederica será ahora tratada con cariño. Quisiera poder yo creer lo mismo. El corazón de la muchacha casi se quebró al dejarnos. Le encomendé que me escriba muy a menudo, y le recordé que en caso de estar en algún aprieto, siempre la trataremos amigablemente. Me tomé el atrevimiento de decirle todo esto a solas, con la esperanza de dejarla un poco más tranquila. Aunque yo misma no me sentiré tranquila al respecto hasta ir a la ciudad y confirmarlo yo misma. Desearía que hubiese un mejor

Yours ever, &c.,

C. VERNON

prospecto que el actual en cuanto a la alianza que deseas en el final de tu carta. Por el momento, no es muy probable.

Cordialmente,

C. VERNON

This correspondence, by a meeting between some of the parties, and a separation between the others, could not, to the great detriment of the Post Office revenue, be continued any longer. Very little assistance to the State could be derived from the epistolary intercourse of Mrs. Vernon and her niece; for the former soon perceived, by the style of Frederica's letters, that they were written under her mother's inspection! and therefore, deferring all particular enquiry till she could make it personally in London, ceased writing minutely or often. Having learnt enough, in the meanwhile, from her open-hearted brother, of what had passed between him and Lady Susan to sink the latter lower than ever in her opinion, she was proportionably more anxious to get Frederica removed from such a mother, and placed under her own care; and, though with little hope of success, was resolved to leave nothing unattempted that might offer a chance of obtaining her sister-in-law's consent to it. Her anxiety on the subject made her press for an early visit to London; and Mr. Vernon, who, as it must already have appeared, lived only to do whatever he was desired, soon found some accommodating business to call him thither. With a heart full of the matter, Mrs. Vernon waited on Lady Susan shortly after her arrival in town, and was met with such an easy and cheerful affection, as made her almost turn from her with horror. No remembrance of Reginald, no consciousness of guilt, gave one look of embarrassment; she was in excellent spirits, and seemed eager to show at once by every possible attention to her brother and sister her sense of their kindness, and her pleasure in their society. Frederica was no more altered than Lady Susan; the same restrained manners, the same timid look in the presence of her mother as heretofore, assured her aunt of her situation being uncomfortable, and confirmed her in the plan of altering it. No unkindness, however, on the part of Lady Susan appeared. Persecution on the subject of Sir James was entirely at an end; his name merely mentioned to say that he was not in London; and indeed, in all her conversation, she was solicitous only for the welfare and improvement of her daughter, acknowledging, in terms of grateful delight, that Frederica was now growing every day more and more what a parent could desire. Mrs. Vernon, surprized and incredulous, knew not what to suspect, and, without any change in her own views, only feared greater difficulty in accomplishing them. The first hope of anything better was derived from

CONCLUSIÓN

Esta correspondencia, debido a los encuentros de algunos de los mencionados, así como la separación de algunos de los mismos, no pudo, para gran disgusto financiero de la oficina postal, continuar. Poca asistencia al estado pudo ser derivada del intercambio epistolar entre la señora Vernon y su sobrina, dado que esta última percibió, por el estilo de escritura en las cartas de Frederica, ¡que las mismas estaban siendo escritas bajo la supervisión de su madre! Y, por lo tanto, difiriendo cualquier tipo de averiguación hasta poder ella acercarse personalmente a Londres, cesó su frecuente correspondencia. Habiendo, mientras tanto, aprendido lo suficiente al haber hablado sensiblemente con su hermano, acerca de todo lo que había ocurrido entre él y lady Susan, terminando de hundir su visión sobre esta última, se vió ella aún más ansiosa por sacar a Frederica del cuidado de su madre, y ponerlo bajo el suyo propio. Y si bien no albergaba muchas esperanzas al respecto, decidió no dejar de intentar nada que pudiera darle la oportunidad de obtener el consentimiento de su cuñada para ello. Su ansiedad respecto al asunto la incitó a insistir en una visita temprana a Londres, y el señor Vernon que, como ya se habrá apreciado, vivía solo para hacer lo que se le pedía, encontró pronto un negocio que les permitiera hospedarse allí. Con el corazón convencido por la causa, la señora Vernon visitó a lady Susan a la brevedad de su llegada a la ciudad, y se encontró con tal despreocupado y alegre cariño, que casi la hizo escapar de ella en el momento de puro horror. Ningún rastro de recordar a Reginald, ningún cargo de conciencia, no dio no una sola mirada que denotara pudor. Se encontraba excelentemente, y parecía dispuesta a mostrar mediante todas las demostraciones posibles a su hermano y hermana, su gran cariño, y el placer que le producía la reunión. Frederica no se encontraba más cambiada que lady Susan. Los mismos modales recatados, con la misma mirada tímida en la presencia de su madre que antes, aseguró a su tía que se sentía incómoda y confirmó su deseo de que la situación cambiara. Ninguna señal de disgusto, sin embargo, se pudo observar en el rostro de lady Susan. Persistir en cuanto al tema de sir James, no tuvo frutos. Su nombre solo se mencionó para dejar saber que no se encontraba en Londres. De hecho, en toda la conversación, ella habló solamente de su interés por nada más que lo mejor para el bienestar y desarrollo de su hija, comunicando alegremente complacida que Frederica estaba convirtiéndose ahora, cada vez más y más, en todo lo que ella deseaba como madre. La señora Vernon, sorprendida e incrédula, no

Lady Susan's asking her whether she thought Frederica looked quite as well as she had done at Churchhill, as she must confess herself to have sometimes an anxious doubt of London's perfectly agreeing with her. Mrs. Vernon, encouraging the doubt, directly proposed her niece's returning with them into the country. Lady Susan was unable to express her sense of such kindness, yet knew not, from a variety of reasons, how to part with her daughter; and as, though her own plans were not yet wholly fixed, she trusted it would ere long be in her power to take Frederica into the country herself, concluded by declining entirely to profit by such unexampled attention. Mrs. Vernon persevered, however, in the offer of it, and though Lady Susan continued to resist, her resistance in the course of a few days seemed somewhat less formidable. The lucky alarm of an influenza decided what might not have been decided quite so soon. Lady Susan's maternal fears were then too much awakened for her to think of anything but Frederica's removal from the risk of infection; above all disorders in the world she most dreaded the influenza for her daughter's constitution!

Frederica returned to Churchhill with her uncle and aunt; and three weeks afterwards, Lady Susan announced her being married to Sir James Martin. Mrs. Vernon was then convinced of what she had only suspected before, that she might have spared herself all the trouble of urging a removal which Lady Susan had doubtless resolved on from the first. Frederica's visit was nominally for six weeks, but her mother, though inviting her to return in one or two affectionate letters, was very ready to oblige the whole party by consenting to a prolongation of her stay, and in the course of two months ceased to write of her absence, and in the course of two more to write to her at all. Frederica was therefore fixed in the family of her uncle and aunt till such time as Reginald De Courcy could be talked, flattered, and finessed into an affection for her which, allowing leisure for the conquest of his attachment to her mother, for his abjuring all future attachments, and detesting the sex, might be reasonably looked for in the course of a twelvemonth. Three months might have done it in general, but Reginald's feelings were no less lasting than lively. Whether Lady Susan was or was not happy in her second choice, I do not see how it can ever be ascertained; for who would take her

sabía qué sospechar y, sin cambiar aún su opinión, solo temió que cumplir su cometido fuera más difícil. La primer esperanza de algo mejor, surgió cuando lady Susan le preguntó si opinaba que Frederica se veía tan bien allí como lo había hecho en Churchhill, ya que confesaba a veces dudar ansiosamente de que Londres no sea el lugar adecuado para ella. La señora Vernon, coincidiendo con su duda, sugirió directamente la vuelta de la muchacha al campo. Lady Susan fue incapaz de expresar lo mucho que agradecía tal amabilidad, pero tampoco pudo ser capaz, por una variedad de razones, de saber cómo podría despedirse de su hija, y si bien, sus propios planes no eran aún sólidos, confiaba en que pronto podría llevar a Frederica al campo ella misma, y finalizando por declinar totalmente la propuesta beneficiarse de tal ejemplar atención. La señora Vernon, perseveró, de todas formas, en la oferta, y si bien lady Susan continuó resistiéndose, su resistencia con el curso de los días fue cada vez menos formidable. La dichosa alarma de un brote de influenza aceleró lo que quizás no hubiese pasado tan pronto. Las emociones maternales de lady Susan fueron entonces muy debilitados como para pensar en otra cosa que no sea la salida de Frederica de la ciudad, ¡de todas las enfermedades del mundo, era la influenza la que más temía enfermara la salud de su hija!

Frederica regresó a Churchhill con su tío y su tía, y luego de tres semanas, lady Susan anunció su casamiento con sir James. La señora Vernon estuvo entonces convencida de lo que había sospechado previamente; que seguramente le habría hecho el favor de concretar la partida de Frederica que lady Susan sin duda había pensado primero. La visita de Frederica era nominalmente de seis semanas; si bien ella la invitaba a regresar en una o dos muy cariñosas cartas, estuvo muy dispuesta en contentar a todas las partes consintiendo en la prolongación de su estadía; luego de uno o dos meses dejó de escribir sobre lo mucho que sentía su ausencia, y luego de dos más dejo de escribirle del todo. Frederica estaría ahora establecida con su tío y su tía, hasta que llegase el momento en el que se le pudiera hablar a Reginald De Courcy; halagarlo y convencerlo de que sentía afecto por Frederica. Considerando que necesitaría del tiempo suficiente para olvidar lo que sentía por la madre de ella, abjurarse de todo compromiso futuro, y dejar de detestar al sexo opuesto, calculaban que pasaría alrededor de un año hasta conseguirlo. Tres meses hubieran sido suficientes en general, pero los sentimientos de Reginald eran tan vivaces como duraderos. Si fue lady Susan feliz o no con su segunda opción a la hora de casarse, no sé cómo

assurance of it on either side of the question? The world must judge from probabilities; she had nothing against her but her husband, and her conscience. Sir James may seem to have drawn a harder lot than mere folly merited; I leave him, therefore, to all the pity that anybody can give him. For myself, I confess that *I* can pity only Miss Mainwaring; who, coming to town, and putting herself to an expense in clothes which impoverished her for two years, on purpose to secure him, was defrauded of her due by a woman ten years older than herself.

podría cualquiera estar seguro de ello pues, a este punto, ¿quién tomaría seriamente su palabra sobre cualquiera de esas dos declaraciones? El mundo podrá juzgarla solo en base a probabilidades. Ella no tendría a nadie en su contra, más que a su marido y su propia conciencia. Sir James pareciera haberse responsabilizado de una carga mucho más pesada que la que en realidad le correspondía. Le cedo, por ello, toda la compasión que poseo. Aunque debo admitir que si hay alguien por quien *yo* siento verdadera compasión, es por la señorita Mainwaring, quien habiendo ahorrado dos años enteros para comprar caros vestidos y poder asegurar su conquista, fue vencida en ello por una mujer que le llevaba diez años de edad.

CLÁSICOS EN ESPAÑOL

Esperamos que haya disfrutado esta lectura. ¿Quiere leer otra obra de nuestra colección de *Clásicos en español*?

En nuestro Club del Libro encontrarás artículos relacionados con los libros que publicamos y la literatura en general. ¡Suscríbete en nuestra página web y te ofrecemos un ebook gratis por mes!

Recibe tu copia totalmente gratuita de nuestro *Club del libro* en rosettaedu.com/pages/club-del-libro

CLÁSICOS EN ESPAÑOL

Una habitación propia se estableció desde su publicación como uno de los libros fundamentales del feminismo. Basado en dos conferencias pronunciadas por Virginia Woolf en colleges para mujeres y ampliado luego por la autora, el texto es un testamento visionario, donde tópicos característicos del feminismo por casi un siglo son expuestos con claridad tal vez por primera vez.

Oscar Wilde escribe una sola novela, *El retrato de Dorian Gray*; ésta fue el objeto de una crítica moralizante mordaz por parte de sus contemporáneos que no pudieron ver que dentro de una trama perfectamente compuesta se escondía toda la tragedia del romanticismo. Cien años después no ha perdido su impacto original y sigue siendo un texto fundamental para los debates sobre la estética y la moral.

Otra vuelta de tuerca es una de las novelas de terror más difundidas en la literatura universal y cuenta una historia absorbente, siguiendo a una institutriz a cargo de dos niños en una gran mansión en la campiña inglesa que parece estar embrujada. Los detalles de la descripción y la narración en primera persona van conformando un mundo que puede inspirar genuino terror.

rosettaedu.com

EDICIONES BILINGÜES

En una atmósfera constante de misterio y amenaza, *El corazón de las tinieblas* narra el peligroso viaje de Marlow por un río (sin duda el Congo aunque no es nombrado en el relato) africano. Lo que el marino puede observar en su viaje le horroriza, le deja perplejo, y pone en tela de juicio las bases mismas de la civilización y la naturaleza humana.

Durante décadas, y acercándose a su centenario, *El gran Gatsby* ha sido considerada una obra maestra de la literatura y candidata al título de «Gran novela americana» por su dominio al mostrar la pura identidad americana junto a un estilo distinto y maduro. La edición bilingüe permite apreciar los detalles del texto original y constituye un paso obligado para aprender el inglés en profundidad.

En *La señora Dalloway* Virginia Woolf relata un día en la vida de Clarissa Dalloway, una señora de la clase alta casada con un miembro del parlamento inglés, y de un ex-combatiente que lucha contra su enfermedad mental. La innovación de la novela es la corriente de consciencia: Woolf sigue el pensamiento de cada personaje, siendo excelente a la hora de narrar emociones, asociaciones y sentimientos.

rosettaedu.com